SOPHIE LEMP

La fille que tu étais

PRÉFACE DE
PHILIPPE DELERM

EDITIONS
HERODIOS

ISBN : 978-2-940666-54-6

Préface

Un tutoiement obsédant, comme une musique de film, ou le fredonnement d'une chanson qui continuerait à défiler dans un coin de la tête, pendant que la vie passe, les émois, les années. Avec *La fille que tu étais*, Sophie Lemp déroule la mélodie douce-amère d'une adolescence d'autant plus partagée qu'elle semble en même temps mise à distance. Tous les détails sont fins et justes, les signes du désir, les jupes, les jeans, les pulls que l'on échange, les ombres du maquillage, les rêves de théâtre, la litanie des acteurs des chanteurs aimés ou bien revendiqués, comme si c'était la même chose – et c'est la même chose. Avec tant de postures aussi, au bord de la piscine : « Tu restais sur le bord, les jambes repliées contre ton torse. » L'envie de faire partie, au risque de se manquer, écartelée entre le réconfort d'une purée de grand-mère et une solitude de femme. Le goût du bonheur et le rythme du temps, seconde, première, terminale. Une mélancolie si proche. Un tutoiement qui reste là.

Philippe Delerm

Pour mes filles

On aurait dit une image de pub
Une de celles qui font croire au bonheur

Mano Solo

Ses longues jambes, les poses qu'elle prend devant le miroir, sa détermination, ses colères, le visage de Françoise Dorléac sur les murs de sa chambre, son rire, les éclats dorés dans le vert de ses yeux, sa frange, son jean troué, son air buté, ses ongles si longs que parfois ils se cassent, son aisance quand elle fait des claquettes, sa peau fine constellée de grains de beauté, sa douceur, ses silences.

C'est grâce à elle, grâce à ce qu'elle me laisse entrevoir et à ce que je devine, grâce à ses quinze ans si différents des miens, que tu as fini par ressurgir.

Et avec toi, ressurgis
les tiraillements
la douleur
l'envie de fuir, d'être une autre
le sentiment d'être transparente
la solitude

les larmes, accroupie sur le carrelage de la cuisine

la gorge nouée, le corps engourdi

les gestes empêchés

les mensonges

se persuader d'être à la bonne place quand tout atteste du contraire.

*

Vous alliez au marché, cueillir des cerises, faire une partie de baby-foot au village. Vos chambres toujours fraîches sentaient la lavande. Dans la piscine, vous nagiez pendant des heures. Vous écoutiez la bande originale de *Talons aiguilles*, le double CD de *Starmania*, Neil Young et David Bowie. Le soir, vous inventiez l'histoire d'un loup blanc et regardiez les étoiles dans la nuit. Mais la beauté était éclipsée par ce qui commençait à te submerger.

Je ne suis jamais retournée dans le Lubéron, associé à eux pour toujours. Je déteste me rendre dans le quartier où ils habitaient. J'ai honte d'avoir vécu cela, de n'avoir pas su m'affranchir de ce lien qui n'était pas de l'amitié. Honte d'avoir tu ma souffrance, d'avoir tenté de délier mon corps, de m'être forcée à rire, d'avoir prononcé des mots qui n'étaient pas les miens. Mais vouloir effacer reviendrait à nier ce que j'ai vécu. Ils auraient gagné.

*

Sept, huit, neuf ans. À l'école, il y avait parfois des histoires, des *Ce n'est plus toi ma meilleure copine, c'est elle*, des *Tu me l'as donné, tu ne peux pas le reprendre*, mais l'amitié était vraie. Jouer aux cartes ou à l'élastique pendant la récréation, aller le mercredi emprunter des livres à la bibliothèque ou acheter des fils de bracelets brésiliens à la mercerie. Partir ensemble en colonie de vacances ou au bord de la mer avec ta grand-mère. Écouter des cassettes de Renaud ou de Patricia Kaas, inventer une chorégraphie sur le tube du moment, *Et tu chantes, chantes, chantes, ce refrain qui te plaît. Et tu tapes, tapes, tapes, c'est ta façon d'aimer.* Salopette courte ou jupe à volant, porter ce que tu aimais, sans te préoccuper du regard des autres.

Au collège, ce regard s'est mis à compter davantage. Il t'arrivait de taire certaines choses, de dissimuler ce qui te constituait. En sixième, tu jouais encore à la poupée, mais seule la voisine, ta cadette d'un an, le savait. Tu avais envie des mêmes vêtements que les plus jolies filles de la classe. En cinquième, tu écoutais toujours Renaud mais tu collais une photo de Bob Marley sur la couverture de ton agenda. Tu inventais des baisers d'été, alors que tu n'avais jamais embrassé personne. Tu te sentais différente. Pas d'amoureux. Dans les soirées où tu allais sans en avoir envie, tu décrétais parfois vouloir sortir avec un garçon mais tu étais soulagée qu'il refuse quand une copine allait lui parler. Sur ton magnétophone, tu enregistrais des poèmes de Prévert ou des lettres. Tu écrivais beaucoup. À ton oncle, à ta prof de français. Il t'arrivait de regarder plusieurs fois le même film dans la journée. Ce n'étaient pas les jeunes premiers américains qui te faisaient rêver, mais des acteurs français d'une bonne quarantaine d'années. Tu voulais être comédienne. Le mercredi, tu prenais des cours. Tétanisée avant de monter sur scène, tu finissais toujours par te lancer. Ce qui en toi était fragile – trop maigre, cheveux filasse et vite gras, des goûts et des envies si différents de ceux des autres filles – était compensé par de l'audace. Un après-midi, tu es allée seule chez le coiffeur et tu as demandé la coupe à la garçonne de Charlotte Gainsbourg. Tu achetais des vêtements au kilo dans des friperies et portais sans hésiter une robe rose indienne ou un chapeau en velours chenille. Quand tu allais au théâtre, tu attendais les acteurs à la sortie des artistes. Ton cœur battait la chamade, tes jambes manquaient de se dérober mais tu t'approchais pour leur demander un autographe. Tu taisais certaines choses mais tu osais en dévoiler d'autres.

Alice était ton amie depuis la quatrième. L'année précédente, tu avais remarqué que vous portiez la même ceinture en cuir noir, avec une grosse boucle en forme de fleur. Tu aimais la façon dont elle s'habillait, ses *Kickers*, sa veste en velours noir cintré, les petits foulards en soie qu'elle nouait autour de son cou. Tu la trouvais belle mais elle te paraissait un peu hautaine. Un samedi matin, votre professeur de physique était absent, elle était seule dans un coin de la cour et tu avais osé t'approcher. Vous vous étiez assises sur un banc et aviez commencé à parler. Ses parents étaient divorcés comme les tiens, vous étiez toutes deux nées au mois de mai, elle aussi venait d'avoir ses règles pour la première fois. À la fin de la matinée, vous aviez échangé des photos d'identité, comme pour sceller cette amitié qui commençait. Tu étais étonnée qu'elle s'intéresse à toi, tu avais peur qu'elle te trouve ennuyeuse, trop sérieuse. Elle se fondait mieux dans la vie : elle dansait dans les fêtes, séchait parfois les cours, écoutait Nirvana et Lenny Kravitz. Mais elle encourageait ta différence, Barbara, Léo Ferré, *Les Nuits fauves* et *L'Effrontée*, noircir des pages dans tes cahiers. Elle savait qui tu étais.

À la fin de la troisième, vous vous êtes inscrites ensemble dans un lycée qui vous permettrait de faire quatre heures de théâtre par semaine. Si tu appréhendais un peu de quitter le quartier où tu avais grandi et de prendre chaque matin le métro pour te rendre dans cet établissement dont professeurs et élèves te seraient inconnus, être auprès d'Alice te rassurait. Avec elle, il ne pouvait rien t'arriver.

1994-95, Seconde

Le jour de la rentrée, tu t'es changée plusieurs fois avant d'opter pour un pantalon cigarette à pois et une veste parme. Alice a fait le trajet à vélo. Vous vous êtes retrouvées à huit heures devant le lycée, bâtiment imposant, sans charme. Dans votre classe, la moitié des élèves faisait du théâtre, l'autre de la musique. Vous les observiez, complices, commentant leurs coiffures, leurs styles. À l'heure du déjeuner, vous avez sympathisé avec une fille, Lola. Elle avait redoublé, elle était délurée, drôle. Son nom de famille te disait quelque chose, mais tu n'as pas osé lui poser de question. Le soir, tu as interrogé ta mère, qui t'a confirmé que vous vous connaissiez : la sœur de ton arrière-grand-mère avait été l'employée de maison du grand-père de Lola. Les deux familles s'étaient liées, les enfants avaient grandi ensemble et, adultes, ils étaient restés proches. Étudiante, ta mère avait même donné des cours au père de Lola, collégien. Lola et toi vous étiez donc sûrement déjà rencontrées. Le lendemain, tu t'es hâtée de le lui raconter. Elle a souri, *c'est drôle*, mais, furtivement, il t'a semblé que quelque chose dans son regard s'était modifié.

Peu après la rentrée, un dimanche matin, tu es allée chez Lola faire des recherches pour un exposé. Elle avait écrit son adresse sur un bout de papier. En descendant du bus, tu as arpenté la rue dans un sens puis dans l'autre. Tu cherchais une porte cochère, elle habitait une maison, ancien atelier au bout d'une impasse. C'est son père qui est venu t'ouvrir. Il semblait bien plus jeune que le tien. Il t'a souri, *Alors c'est toi, la fille de Zaza ?*, il a appelé Lola sans attendre ta réponse, et il a disparu. Tu as regardé autour de toi. La pièce était grande, lumineuse. Il y avait une cuisine américaine, tout était beau, blanc, moderne. Lola, du haut de l'escalier, t'a fait signe de monter. Curieuse, tu aurais aimé visiter les lieux, mais elle ne te l'a pas proposé, vous êtes allées directement dans sa chambre. Chacun des quatre enfants avait la sienne. Une moustiquaire était accrochée au-dessus de son lit, il y avait très peu d'objets, et aux murs un seul poster encadré, photo en noir et blanc de Marilyn en jupon de tulle. Pas de livres ni de vêtements qui traînaient. Une table basse, deux chaises, des lignes épurées, des matériaux nobles. Tu as pensé à ta chambre. Avec ses murs recouverts de toile de jute épinglée de dizaines de cartes postales, de portraits d'acteurs, de reproductions de tableaux, ses doubles rideaux marine cousus par ta mère quand elle t'attendait, son bureau anglais sur lequel tu avais renversé un flacon d'encre violette, son armoire en pin qui te suivait depuis l'enfance et ses étagères d'échantillons de parfums, c'était celle d'une gamine.

Très vite, Alice et toi avez passé vos journées avec Lola. Elle avait les cheveux courts, portait des minijupes noires, des collants gris chinés et des *Clarks*, elle venait au lycée en Solex, son copain était en première. Sa vie semblait harmonieuse et joyeuse alors que pour toi, tout était âpre. Les garçons auxquels tu ne plaisais pas, la relation tendue entre tes parents divorcés, ce que tu éprouvais à leurs côtés, les portes qui claquaient chez ta mère, les silences qui pesaient chez ton père. Les parents de Lola savaient qu'elle fumait, ils la laissaient souvent seule avec sa sœur le week-end et l'autorisaient à organiser des dîners et des fêtes. Elle connaissait tout le monde, elle était populaire, tu étais fière de t'afficher à ses côtés.

Au printemps, Lola a quitté son copain pour sortir avec un garçon de votre classe, Fred. Lui aussi avait redoublé. Tu le trouvais beau, avec ses pulls zippés et cette mèche qui glissait entre ses doigts quand il la ramenait vers l'arrière pour dégager son visage. En cours, il était souvent insolent, mais sa façon mielleuse de s'excuser tout de suite après le sauvait. Quand il allait trop loin et que le professeur lui demandait de sortir, il ramassait lentement ses affaires, enfilait sa veste, mettait son sac en bandoulière et quittait la salle, un sourire narquois aux lèvres. Toi qui étais toujours sage et studieuse, son assurance t'impressionnait.

Avec ses amis, vous formiez désormais un groupe. Trois filles et trois garçons. Il y avait aussi Théo, un grand brun lunaire aux cheveux bouclés, plutôt effacé. Tu préférais Samir. Il fumait beaucoup, tu aimais la façon dont ses doigts osseux saisissaient les cigarettes dans le paquet. L'une de ses narines n'était pas tout à fait identique à l'autre, comme s'il en manquait un petit morceau. Tu avais envie d'en suivre le contour du bout des doigts. Tu n'avais jamais embrassé de garçon, tu n'étais pas sûre d'être capable de lui prendre la main ou de poser la tête sur son épaule, mais un samedi, au café, tu as confié à Lola que tu aimerais bien sortir avec lui. Elle a immédiatement rétorqué *On en a déjà parlé. Il t'aime bien mais tu ne lui plais pas.*

Fred et Lola s'aimaient, Théo sortait avec une fille de première, Alice avait un amoureux dans un autre lycée, et toi tu ne plaisais à personne. Tu enviais leur facilité à séduire, leur aisance. Tout en toi résistait, tu ne savais pas te mettre en valeur, tes vêtements étaient toujours trop grands. La mère de Fred, qui travaillait pour une des marques que tu préférais, vous avait un jour proposé de choisir une robe dans le catalogue. Tu en avais pris une rouge avec des bretelles croisées dans le dos. Vous les aviez reçues quelques jours plus tard. Celle de Lola, noire, près du corps, et celle d'Alice, longue et fleurie, semblaient avoir été cousues sur mesure. Comme elles, tu aurais voulu porter la tienne à même la peau, mais elle baillait légèrement, ce qui t'obligeait à glisser dessous un tee-shirt blanc.

Ta mère n'avait encore jamais rencontré tes amis. Un soir de mai, vous êtes allées ensemble à la première représentation de *L'Éveil du printemps*, le spectacle de l'atelier théâtre. Tu n'y participais pas, continuant à suivre des cours ailleurs. À la fin, ta mère t'a demandé si tu ne regrettais pas. *Un peu*, as-tu menti. Tu avais tout aimé, la mise en scène, les lumières, les costumes. Alice t'avait décrit l'ambiance, elle t'avait raconté les répétitions jusque tard dans la nuit, ce qui s'était noué entre eux et qui était si fort, mais tu savais que, devant eux, tu n'aurais rien osé, tu savais que tu te serais tenue à l'écart. Ta mère n'a pas insisté. Sur le trottoir devant le lycée, vous avez salué tout le monde et vous êtes parties rapidement. Dans le métro, elle t'a lancé *Je ne te trouve pas très naturelle avec eux. Tu es sûre que tu es à l'aise ?* Tu as réagi violemment. Bien sûr que tu étais à l'aise. C'était elle qui ne comprenait rien.

Dans le journal que tu tenais depuis la sixième, tu n'écrivais pas ce que tu ressentais – ne jamais savoir quoi dire, quoi faire, suivre, copier, faire semblant. Tu te contentais d'inventorier des moments, un après-midi passé à jouer aux cartes dans le jardin du musée Rodin ou une conversation tardive sur la place du Panthéon. Tu faisais partie du groupe le plus en vue du lycée, le reste n'existait pas.

En juin, Lola vous a proposé de partir tous les six une semaine dans le Sud, chez sa grand-mère. La maison était grande, vous seriez indépendants, des vacances idéales. Ta mère a accepté, sans doute parce qu'elle connaissait la famille de Lola. Vous êtes allés en train jusqu'à Avignon, où vous avez pris un car qui vous a laissés à quelques kilomètres de la maison. Vous avez marché longtemps en plein soleil, ta valise était trop lourde, Fred riait en te voyant la tirer péniblement sur le chemin caillouteux. Tu étais en nage, tu sentais la sueur couler dans le creux de tes aisselles, tu avais peur que ton déodorant ne soit pas assez efficace. Après vous avoir présenté sa grand-mère, Lola vous a entraînés dans une annexe de la maison, construite dans la roche. Murs de pierre, cheminée, poutres apparentes. *Voilà notre chambre*, a-t-elle lancé à Fred, en entrant dans une pièce vaste et lumineuse. Fred l'a enlacée, *Mmmh, on va pouvoir faire la sieste*, et il vous a aussitôt regardés pour s'assurer que vous aviez bien compris l'allusion. Lola l'a repoussé en minaudant et vous avez continué la visite. Alice et toi dormiriez dans la chambre voisine, Samir et Théo dans celle située en mezzanine. Dans la salle de bains, il n'y avait pas de porte ni de rideau, seulement un pommeau et des carreaux légèrement en pente. Alors que tu t'étonnais, Fred s'est moqué *T'as jamais vu de douche à l'italienne ?* Vous vous êtes installés, puis vous êtes allés dîner avec la grand-mère de Lola. Avant que vous vous mettiez à table, tu as demandé si tu pouvais appeler ta mère pour lui dire que vous étiez bien arrivés. Tu n'as pas parlé longtemps. Le téléphone était dans la salle à manger, tu avais l'impression que tout le monde écoutait ta conversation.

Le lendemain, vous êtes allés à Roussillon. Lola voulait vous montrer *le Grand Canyon du Lubéron*. Tout autour de vous se dressaient des falaises d'ocre. Vous avez tracé des traits orangés sur vos joues, grimpé aux arbres, escaladé les collines et dérapé dans la poussière qui a fini par recouvrir vos figures, vos bras, vos jambes. À la fin de l'après-midi, tandis que vous vous rinciez dans une fontaine, Fred s'est mis à courir après Lola pour l'arroser. Elle riait aux éclats. Pour la première fois, tu voyais l'enfance affleurer sur son visage. Tu avais souvent l'impression qu'elle se prenait pour une adulte. Elle savait, organisait, dirigeait. Lorsque ses parents étaient à la campagne le samedi soir, elle invitait tout le monde, cuisinait, assortissait les assiettes, ouvrait des bouteilles de vin. Quand

Alice venait dormir chez toi, vous dîniez avec ta mère ou vous contentiez de réchauffer au micro-ondes un plat surgelé que vous mangiez sur le canapé, devant un de vos films préférés.

Les jours défilaient. Au bord de la piscine, Lola et toi portiez toutes les deux un maillot noir à liséré blanc de chez *Princesse tam.tam.* Le sien tombait parfaitement, il mettait en valeur sa poitrine plus ronde que la tienne, et la courbe de ses fesses était soulignée par la culotte légèrement échancrée. Sur toi, il ne produisait pas du tout le même effet, sans doute étais-tu trop maigre pour le porter, tu n'aurais pas dû l'acheter. Fred posait ses mains sur le dos de Lola, il l'embrassait à pleine bouche. Tu sentais l'odeur de leurs peaux brûlantes enduites d'huile de monoï. Samir prenait Alice dans ses bras pour la jeter dans la piscine, elle criait, se débattait en hurlant de rire. Théo faisait du diabolo à l'ombre, il devait penser à sa copine, il avait l'air heureux. Tu restais sur le bord, les jambes repliées contre ton torse.

Au crépuscule, dans les herbes hautes, Alice aidait Lola à faire le poirier, puis elle s'y risquait à son tour. Tu ne savais faire l'équilibre que sur le lit de ta mère, les pieds contre le mur. Elles insistaient un instant *Allez, essaye*, mais devant ton refus obstiné elles abandonnaient et s'entraînaient à faire la roue un peu plus loin. Le froid tombait vite. Souvent, Fred ôtait son pull pour le prêter à Lola. Un soir, tu as demandé à Samir si tu pouvais lui emprunter le sien. La laine était imprégnée de son eau de toilette boisée. Plus tard, dans ton lit, tu as reniflé tes avant-bras, tes poignets, comme si tu voulais retrouver la trace d'une étreinte.

La lumière dorée, l'odeur de la terre et le jus sucré des melons te rappelaient des vacances avec ta cousine l'été précédent. Vous faisiez des galipettes dans l'eau toute la journée, changiez dix fois de tenue et prépariez un spectacle pour le dernier soir, entre deux fous rires. Avant de dormir, tu lui lisais des extraits de livres que tu aimais ou des passages de textes que tu écrivais. Vous étiez ensemble. Ici, tu cueillais des cerises, tu aidais à couper des légumes, tu participais aux jeux de société, mais tu n'étais pas avec eux. Tu les observais. Hors champ.

C'était le dernier soir. Il était tard, mais tu n'avais pas sommeil. Après plusieurs parties de poker, tu es sortie dans le jardin avec Alice et Samir. Assis dans des transats, les yeux rivés vers le ciel, vous étiez résolus à apercevoir une étoile filante, Samir n'en avait jamais vu. Tu avais l'impression qu'Alice lui souriait en douce, elle parlait si bas que tu n'entendais pas. Quand tu as décrété que tu allais te coucher, elle a dit *Je te rejoins* et tu les as laissés tous les deux. Une heure plus tard, elle est entrée dans la chambre et est allée se brosser les dents sans un mot. Tu as éteint la lumière. Elle s'est allongée et a murmuré *On s'est embrassés.* Elle était sortie avec Samir. Elle avait osé. Après un bref silence, tu lui as rétorqué que cela n'avait pas d'importance, *De toute façon je ne lui plais pas.* Tu t'es tournée vers le mur, tu as fermé les yeux. Tu t'es endormie très tard, déchirée, tu n'étais jamais choisie, jamais aimée. Le lendemain, dans le TGV, Alice a posé sa tête sur tes genoux et attrapé ta main. Vous qui n'aviez d'ordinaire pas de gestes tendres l'une envers l'autre êtes restées un moment ainsi, sans bouger. Tu avais envie de caresser ses cheveux, de la bercer en chantonnant, de lui dire que tu ne pensais plus à Samir, que seule t'importait la douceur de sa main dans la tienne. Mais tu n'as rien dit. Bien sûr que Samir était là. Tu ne pourrais jamais oublier qu'elle l'avait embrassé.

Dans ton journal, tu as recopié un extrait du livre *L'Accompagnatrice*, de Nina Berberova : *La vie bouge à côté. Comme en dehors de toi. Elle frotte, remue les autres. Sans te prendre.*

À la rentrée, tu allais te retrouver seule avec trois couples. Tu ne savais pas si tu pourrais le supporter, tu n'arrêtais pas d'y penser. Peu après votre retour, Alice t'a écrit. Elle t'assurait qu'elle ne voulait pas sortir avec Samir, que c'était un baiser comme ça. Tu es partie en vacances avec ton père, soulagée. Tout rentrait dans l'ordre. Mais un soir où tu l'as appelée d'une cabine, elle t'a avoué qu'elle l'avait revu et qu'elle avait quitté celui avec qui elle sortait depuis quelques mois. Interdite, tu as marmonné que ce n'était pas grave, que tu comprenais, et tu as raccroché, sonnée. Alice t'avait trahie une deuxième fois. Tu es sortie de la cabine en pleurant, et tu as tout raconté à ta cousine qui t'attendait devant. Quand elle t'a demandé si tu pourrais lui pardonner, tu as répondu *Je ne sais pas.* Pourtant, quelques jours plus tard, vous vous êtes retrouvées toutes les trois à La Rochelle. Alice était à l'île de Ré, vous près de Royan, elle avait pris un car tandis que ton père vous avait accompagnées en voiture. C'était prévu, tu n'avais pas eu envie d'annuler, tu ferais comme si de rien n'était. Vous avez acheté des glaces, pris des photos avec l'Olympus que t'avait prêté ton père, fumé une cigarette. Vous étiez joyeuses. Vous n'avez pas parlé de Samir. Vous vous êtes séparées sur le parking de la gare routière sans l'avoir évoqué. Tu as regardé Alice derrière la vitre, le soleil avait fait apparaître des dizaines de taches de rousseur sur sa peau diaphane. Tu ne savais toujours pas si tu lui pardonnerais, mais tu la trouvais belle.

Tu lui as téléphoné en rentrant à Paris. Tu t'apprêtais à lui proposer de te rejoindre en août en Normandie quand elle t'a annoncé qu'après quelques jours près de Sarlat avec sa mère, elle irait en Bretagne chez les grands-parents paternels de Lola, ceux que tu connaissais. Tu t'es sentie humiliée, jalouse de n'être pas conviée, jalouse de cette relation qui t'excluait. Tu as appelé Lola aussitôt après avoir raccroché. De passage à Paris, elle est venue dormir chez toi pour la première fois. Tu t'es plainte avec insistance du mois qui s'annonçait, seule avec ta mère et ta grand-mère. Tu pensais que cela allait la convaincre de t'inviter aussi, mais elle ne réagissait pas. Alors tu as pris ton courage à deux mains, *Je ne pourrais pas venir en Bretagne ?*

Décontenancée, elle a répondu qu'elle allait en parler à ses parents. Le lendemain, elle a laissé un message sur le répondeur pour te dire que c'était possible la semaine avant Alice. Tu as essayé de te persuader que l'essentiel était qu'elle ait dit oui, elle aurait pu si facilement refuser, elle devait en avoir envie aussi. Pourtant tu n'arrivais pas à te réjouir. Tu avais tellement honte d'avoir quémandé.

Vous êtes parties peu de temps après. Les grands-parents de Lola passaient leurs vacances dans le même village, mais ils étaient divorcés depuis des années. Vous logiez chez sa grand-mère. Le père de Lola avait un bateau et il était d'accord pour que vous l'utilisiez. Chaque jour, vous avez navigué. Tu n'osais pas dire que cela t'ennuyait, que tu aurais préféré lire dans le jardin ou sillonner les sentiers côtiers. Lola te donnait des ordres, elle utilisait des termes que tu ne comprenais pas, la bôme, le foc, la proue. Le soir, tes cheveux étaient gorgés de sel, ta peau brûlée par le soleil. Dans ton lit, dès que tu fermais les yeux, ça tanguait, l'eau envahissait tout, tu avais la nausée.

Allongée sur le pont, tu as demandé à Lola de te raconter sa première fois. C'était arrivé l'année précédente, alors qu'elle redoublait sa troisième, un garçon de seconde, leur histoire n'avait pas duré. Elle t'a répondu avec désinvolture, comme si tu lui avais demandé si elle connaissait New York ou si elle avait été opérée de l'appendicite. Comment pouvait-elle en faire quelque chose d'anodin ? Pour toi, aimer était forcément grave et profond. Se déshabiller, laisser l'autre caresser sa peau, toucher son sexe, l'embrasser dans le creux de la nuque. Lorsque cela t'arriverait, rien ne saurait être banal. Tu t'abandonnerais, tu aimerais tant que la peur se dissiperait. Les mots cliniques qu'elle employait étaient tellement loin de ceux dont tu rêvais.

Un midi, vous avez été invitées à déjeuner chez le grand-père de Lola, André. Ta mère t'avait parlé de son rapport à l'argent – il aimait le dépenser et en faire profiter les siens – et de sa vie amoureuse tumultueuse. Marié plusieurs fois, il avait des enfants bien plus jeunes que les parents de Lola, comme Victoire, qui avait votre âge et était en vacances avec lui. La maison ressemblait à celles des magazines. Canapé profond, plaid négligemment jeté sur l'accoudoir, bouquet de fleurs foisonnant. Au sous-sol se trouvait une véritable salle de projection, aux murs tapissés de cassettes vidéo – aucun programme enregistré à la télévision, seulement des films récents, achetés dans le commerce. À table, le service était assuré par une dame en tablier blanc. Lola était volubile, elle parlait avec Victoire de gens que tu ne connaissais pas et pouffait sans se soucier de toi. Après le déjeuner, Victoire vous a montré les robes, les maillots de bain, les chemisiers que son père venait de lui acheter. Ils avaient fait les boutiques du bourg le plus proche, et André lui avait dit de prendre tout ce dont elle avait envie. Lola t'a lancé *La semaine prochaine, ça sera mon tour !*

Quand tu rêvais d'un vêtement dont tu n'avais pas besoin, il te fallait attendre Noël ou ton anniversaire. Tu vivais dans un appartement cossu du 5e arrondissement, tes parents étaient médecins, tu te savais privilégiée. Mais ta mère t'avait élevée avec ses souvenirs, les pièces sombres et exiguës, les cousins du Nord, l'enfance sans salle de bains, la nécessité de travailler, de veiller à ne pas gaspiller. Sans l'avoir jamais éprouvé, tu savais que l'argent pouvait manquer. En CM2, tu avais invité à goûter une fille de ta classe, Fatia. Elle venait d'arriver de Tunisie, son père travaillait dans une épicerie, elle avait trois sœurs. Tu lui avais montré tes jouets, ta collection de timbres, ta nouvelle veste en jean, puis tu lui avais fait visiter l'appartement. Elle t'avait demandé plusieurs fois si vous n'étiez vraiment que deux à vivre là. Tu avais eu honte de ton indélicatesse. Les remarques et le regard de Lola te donnaient la fausse impression d'appartenir à un monde plus proche de celui de Fatia que du sien. L'argent était au centre de ses préoccupations. Au début, tu avais cru que c'était parce que tu étais de la famille de celle qui servait, en tablier blanc. Alors, tu avais parlé de tes grands-parents paternels, de tes oncles et tantes, de leur existence bourgeoise dans le 16e, de leur famille nombreuse. Puis tu avais compris que l'essentiel n'était pas d'avoir de l'argent, mais de le dépenser ostensiblement. Il fallait que cela se voie. Connaître les codes. Les restaurants étoilés et les palaces. Briller. C'était le prix des choses qui leur donnait de la valeur.

Il ne me reste qu'une photo de ce séjour en Bretagne. Lola est assise dos à la mer, elle porte un tee-shirt blanc à manches longues, par-dessus un marcel dont on aperçoit l'encolure, un short en jean délavé, à bords francs. Ses cheveux courts sont ébouriffés, des lunettes de soleil masquent son regard. Ses lèvres sont entrouvertes, elle s'apprête à parler. La photo est prise en légère contre-plongée, elle au-dessus de moi.

À la fin de la semaine, tu as écrit dans ton journal *Je me sens tellement seule en ce moment. Je m'imagine aussi bien avec Samir, Théo, Fred, Moussa.* Moussa. Allongée sur la plage en Normandie, tu as commencé à penser à lui. Tu le connaissais peu, il était en première, vous n'aviez fait que vous croiser, dans les couloirs du lycée ou les fêtes de Lola. Pourtant tu rêvais de sa peau noire, dont tu imaginais la douceur. *Je ne sais pas si c'est LUI ou si c'est parce que j'ai tellement envie d'avoir quelqu'un.* Tu savais qu'Alice lui plaisait, alors tu as décidé de lui écrire. Quand il apprendrait qu'elle sortait avec Samir, il serait jaloux, il aurait mal, et cette douleur vous rapprocherait. Tu es allée à la poste chercher son adresse sur le Minitel et tu lui as envoyé une longue lettre. À peine l'avais-tu glissée dans la boîte que déjà tu regrettais, c'était n'importe quoi, qu'allait-il penser de toi. Tu as passé le reste du séjour à guetter le courrier. Mais l'été s'est terminé, il n'avait pas répondu.

1995-96, Première

Lola et Théo redoublaient leur seconde, Samir était en première scientifique tandis qu'Alice, Fred et toi vous retrouviez ensemble en section littéraire. Le premier jour, tu as guetté Moussa. Mais dès qu'il t'apercevait, il tournait la tête. Le lendemain, Alice et Lola étaient devant le lycée quand tu es arrivée. Lola t'a demandé pourquoi tu avais fait ça. De quel droit tu avais révélé l'histoire d'Alice. Moussa leur avait tout raconté. Tu n'as pas su quoi répondre, tu t'es excusée. Tu n'aurais jamais dû écrire cette lettre, tu avais honte, tu t'étais servie de ta jalousie comme si elle te donnait tous les droits. Et puis au fond, tu t'en foutais de Moussa.

Alice ne te téléphonait plus, elle ne t'invitait plus à dormir. Les semaines passaient et il n'y avait que ce que vous partagiez au lycée, avec ceux que tu appelais désormais *les autres.* Quand vous étiez ensemble, tu surveillais chacune de tes paroles, chacun de tes gestes. Tes tentatives pour prendre part aux conversations tombaient à plat, tu étais toujours décalée. Il t'arrivait souvent de ne pas comprendre une blague ou une allusion. Fred ricanait, tu avais *vraiment des trucs à apprendre*, tu te tortillais dans tous les sens, le regard rivé sur le sol, et tu l'implorais secrètement de passer à autre chose. Lorsque enfin il changeait de sujet, tu n'osais ni parler ni bouger, tu avais chaud, tu essuyais discrètement tes mains moites sur ton jean.

Le 31 décembre, vous étiez tous conviés à une fête chez Pauline, une fille de terminale. Tu hésitais. Alice n'y serait pas, ton parrain et sa femme venaient d'arriver à Paris et réveillonneraient chez ton père, tu avais envie de rester avec eux. Mais tu avais seize ans, il fallait que tu sortes, c'était normal de fêter la nouvelle année avec des gens de ton âge. L'après-midi, tu as appelé chez Pauline pour savoir si elle voulait que tu apportes quelque chose. Tu es tombée sur sa mère et tu lui as laissé un message. Quelques heures plus tard, c'est Pauline qui t'a ouvert la porte. Elle n'a pas pris ton manteau, elle ne t'a pas invitée à entrer. Son visage était fermé.

Devant tout le monde, d'une voix blanche, elle t'a signifié que vous étiez chez son père, sa mère n'était pas au courant, tu avais failli tout faire capoter. Tu ne savais plus où te mettre. Comment pouvais-tu être aussi maladroite ? Tu t'es confondue en excuses et tu es allée t'asseoir, mortifiée. Tu as passé toute la soirée sur le canapé, à regarder les autres danser. À minuit, tu t'es levée, mais personne ne s'est approché pour te souhaiter une bonne année. Il y avait des couples qui s'embrassaient, des amis qui s'étreignaient longuement, Fred qui batifolait, qui virevoltait. Tu le regardais, les bras ballants. Il a fini par te voir. Tu aurais voulu qu'il te serre avec effusion comme cela lui arrivait parfois dans des moments d'exaltation, mais il t'a seulement gratifiée d'une bise désinvolte. Peu après, tu t'es esquivée sans dire au revoir à personne. Tu as descendu les escaliers à toute vitesse pour retrouver ton parrain qui t'attendait en bas. Tu t'es couchée la gorge nouée, c'était la pire soirée de ta vie, tu étais vraiment nulle, pourquoi faisais-tu toujours exactement le contraire de ce qu'il aurait fallu ?

Les moments où tu te sentais bien avec eux devenaient de plus en plus rares. Tu aurais pu consacrer plus de temps à Lucie, ton amie d'enfance, qui était dans le même lycée. Vous aviez été séparées au collège, mais tu la connaissais depuis la maternelle, et vous n'aviez jamais cessé de vous voir. Il y avait aussi Mathilde, une fille qui faisait du russe avec toi. Tu adorais son rire en cascade, l'ombre à paupières crème avec laquelle elle se maquillait, son cardigan prune en angora. Mais les autres faisaient des remarques acerbes à chaque fois que tu parlais d'elles, ils ne les aimaient pas. Tu n'as même pas essayé de lutter. Tu as vu Lucie le week-end et tu t'es contentée des cours de russe pour échanger avec Mathilde. Tu redoutais leur jugement, leur regard annihilait tes désirs. C'était surtout celui de Fred qui comptait. Tu adorais ses élans, sa douceur soudaine. Comme cet après-midi-là, vous reveniez du musée Picasso en métro, il s'était assis en face d'Alice et toi et il avait déclaré solennellement qu'il vous aimait, qu'il ne voulait pas vous perdre. Ou ce soir de janvier où tu étais allée au cinéma avec Lola et lui, dans leur quartier. À la fin de la séance, ils s'étaient disputés pour te raccompagner à vélo. Tu avais eu envie de monter derrière Fred, d'enrouler tes bras autour de son torse, de poser ta joue contre son dos. Mais c'était agrippée à celui de Lola que tu étais rentrée chez toi.

Depuis Noël, Alice et toi vous étiez rapprochées. Elle avait quitté Samir et vous parliez beaucoup de Fred, de son inconstance, de ses provocations. Tu savais qu'elle ressentait la même chose que toi, mais tu craignais que cela vous fragilise de nouveau, alors tu taisais ce que tu avais écrit dans ton journal *Si Fred était libre, je tomberais facilement amoureuse de lui.* Tu pressentais que Fred l'emporterait sur votre passé commun, sur le collège, sur les vacances en Bretagne ou dans le Midi, sur les correspondances entre les vies amoureuses de vos mères, sur les heures passées dans des salles obscures, sur le festival près des Champs-Élysées où vous étiez allées écouter Vincent Pérez, sur ses mégots que, midinettes hystériques, vous aviez ramassés à la fin.

En groupe, Alice était bien plus à l'aise que toi. Dans les soirées, elle pouvait danser pendant des heures et s'étourdir dans les bras de garçons qu'elle connaissait à peine. Mais quand elle sentait que cela dérapait, qu'il n'y avait plus autour d'elle que l'ivresse, elle déclarait forfait et revenait à toi. Comme lors de ce week-end à la campagne chez des amis d'enfance de Fred. Il projetait de réaliser un court-métrage dans la maison de Lola l'été suivant, ses amis participeraient, l'un en tant qu'acteur, l'autre comme chef opérateur, et il voulait vous les présenter. Alice et toi étiez les seules à ne pas boire ni fumer de l'herbe. Vous vous regardiez, tu savais exactement ce qu'elle pensait de leurs blagues vaseuses, de leur élocution ralentie et de leurs yeux rougis. Le dimanche soir, vous étiez rentrées ensemble de la gare d'Austerlitz, passant au crible tout ce qui vous distinguait d'eux. Cette complicité retrouvée te donnait l'impression qu'à l'avenir, tu pourrais tout supporter.

Quand Alice a décliné l'invitation de Lola qui vous proposait de profiter d'un appartement à la montagne pendant les vacances d'hiver, tu étais indécise. Samir n'était pas libre non plus, vous partiriez donc à quatre, Lola, Fred, Théo – que sa copine venait de quitter – et toi. Est-ce que tu en avais envie ? Est-ce que tu serais bien avec eux ? Tu as fini par accepter : tu n'avais pas skié depuis des années, et puis vous seriez seuls, sans adultes, c'était la première fois. À votre arrivée, alors que vous étiez passés dire bonjour à des amis des parents de Lola, ta tête s'est mise à tourner, tu avais des suées, tu as manqué de tomber. Ils t'ont proposé de rentrer t'allonger tandis qu'ils feraient les courses. Tu t'es fait couler un bain et tu as shampouiné longuement tes cheveux. Dans le train, Fred avait déclaré qu'ils étaient trop gras. Tu as fermé les yeux. Tu te sentais sale, poisseuse. Tu ne savais pas comment tu allais faire pour passer une semaine dans cet appartement, une semaine avec eux.

Lola et Fred skiaient bien mieux que toi, qui avais un niveau moyen, et que Théo, qui débutait. Vous avez commencé ensemble, mais très vite ils sont partis de leur côté. Le soir, ils dormaient dans l'unique chambre tandis que tu campais dans le salon avec Théo. Leur couple parfait, leur agilité sur les pistes, leur façon de s'habiller – pas question d'enfiler une combinaison, ils skiaient en jean, bien plus chic, et comme ils ne tombaient jamais ils n'étaient pas mouillés –, la somme d'argent qu'ils avaient pour la semaine, la liberté laissée par leurs parents – tu étais la seule à appeler les tiens régulièrement –, tout en eux t'humiliait. Tu te souvenais de la colonie de vacances de ton enfance avec Lucie. Le chalet en bois, les tartines beurrées, la neige-glaçon sucée discrètement pendant la leçon, le tire-fesses, les pompons, la combinaison zippée, les moufles impossibles à enfiler tant elles étaient mouillées, les veillées, la boum, les chambrées joyeuses, l'argent de poche pour acheter du saucisson et du reblochon, les sapins blancs. Ce qui avait été si gai et qui avec eux était si lourd.

Le dernier soir, ils ont voulu aller en boîte. Tu n'en avais pas envie, pourtant tu les as suivis. Vous êtes partis à pied, jean et baskets dans la neige. Sur de la musique que tu n'aimais pas, tu as essayé de danser. Fred ne te lâchait pas. *Mais bouge, putain ! Tu as un corps, c'est fait pour quoi ? Tu ne trouveras jamais de mec si tu restes assise comme ça. Et tes bras ! Bouge-les, tes bras, putain !* Ton corps ne répondait pas. Une boule te serrait la gorge. Tu avais envie de hurler mais tu es restée là, sur la piste d'une discothèque de province, à esquisser des mouvements qui demeuraient entravés.

L'été dernier, au bord de la mer, je suis sortie un soir écouter un groupe qui jouait de la country sur la jetée. Devant l'estrade, une femme dansait. Elle devait avoir une cinquantaine d'années. Elle se moquait d'être la seule à tournoyer, dans sa robe noire sur talons compensés. Je l'ai regardée longtemps. Je pensais à mon corps dans la boîte de nuit et ne parvenais pas à me détacher du sien, libre, mouvant.

Les jours qui ont suivi votre retour, Fred ne t'a pas adressé la parole. Cette soirée te hantait. Tu aurais voulu retourner sur la piste, te camper au centre, basculer ta tête en arrière, sourire et sentir ton bassin onduler au rythme de la musique électro. Dans ta chambre, tu écoutais en boucle la chanson de Bruce Springsteen *Hungry Heart.* Pieds nus sur la moquette bleue, tu sautais, levais les bras, te déhanchais, tu fermais les yeux, tu dansais. Tu aurais voulu que Fred soit là, qu'il te regarde, tu adorais la mélodie, le rythme, et tu hurlais le refrain.

Everybody's got a hungry heart

Dans un tiroir, j'ai retrouvé quelques photos de ce séjour à la montagne. Elles sont en noir et blanc. Deux d'entre elles ont été prises au même endroit, sur la terrasse d'un restaurant d'altitude. Sur l'une, Fred, bronzé, lunettes de soleil dans les cheveux, pull irlandais, est appuyé contre le dossier de sa chaise, nonchalant, le regard planté dans l'objectif. Sur l'autre, je suis légèrement penchée vers l'avant, je regarde ailleurs, mes mains sont sous la table, peut-être sur mes genoux. J'ai la peau très blanche, les cheveux courts, je porte un col roulé un peu large. En observant cette photo, j'éprouve ce que j'endurais alors si souvent, ne pas savoir quoi faire de mes bras, me sentir moche, inférieure, insignifiante. Dans ce tiroir, il y a une autre photo de moi, prise quelques semaines plus tard, pendant les vacances de Pâques que j'avais passées en Bretagne avec Alice. Nous nous trouvons face à face, souriantes, tenant chacune une niniche – sucette bretonne – que nous faisons goûter à l'autre. On dirait qu'il ne s'agit pas de la même adolescente.

Peu après votre retour de Pornic, tu as écrit : *Fred m'a dit que je l'énervais, que je n'étais pas assez expansive, que je n'étais qu'une Alice bis.* Quand tu lui en as parlé, Alice t'a rassurée, tu étais son amie, lorsque vous étiez toutes les deux comme pendant ces quelques jours, tu étais telle qu'elle t'avait toujours connue, elle se fichait de ce que pensait Fred. Mais au lycée, c'était avec lui qu'elle riait, pas avec toi. Vous passiez moins de temps ensemble, tu voyais bien qu'elle n'était jamais disponible quand tu lui proposais d'aller faire les boutiques du centre Italie Deux, tu voyais bien qu'elle se confiait moins. Vos goûts n'étaient plus les mêmes. Tu n'osais pas lui dire que tu t'ennuyais souvent lorsque vous alliez au théâtre en banlieue, que parfois même tu ne comprenais rien, que tu rêvais de castings, d'un agent, de grand écran. Le metteur en scène qui intervenait chaque semaine travaillait pour la scène subventionnée et méprisait l'école privée dans laquelle tu continuais à prendre des cours le mercredi. Alice partageait son regard, alors tu ne l'as pas invitée à ton spectacle de fin d'année. Tu avais choisi une scène extraite d'un des films que tu préférais, *Mina Tannenbaum.* Il te semblait que les dialogues avaient été écrits pour toi.

– *Moi, par exemple, je sais que je suis moche.*
– *Non, t'es pas moche.*
– *Enfin si ! Je vois bien comment sont les mecs avec moi.*

Ce mercredi de mai, le trac montait tandis que tu te changeais, te maquillais, mais c'était un trac joyeux, loin de la peur qui te paralysait au lycée. Dans l'obscurité, tu as écarté un pan du rideau en velours pour voir si tes parents et ta grand-mère étaient arrivés. C'était la première fois que tu jouais devant eux. Dès que tu as posé le pied sur le plateau, l'appréhension s'est évanouie. Il n'y avait plus qu'une douce chaleur, et les mots qui te parvenaient sans que tu aies besoin de les attendre, ni de les chercher. Tu étais sûre d'être au bon endroit. Le lendemain matin, tu as trouvé un mot de ta mère sur un post-it. *J'ai été très émue de te voir sur scène et je t'ai aimée.*

Fred préparait son court-métrage. Il y avait deux personnages féminins et il ne voulait pas encore vous dire qui les incarnerait. Quand il a proposé le rôle principal à Alice, tu t'attendais à ce qu'il t'attribue le deuxième, mais c'est à Lola qu'il l'a proposé, alors qu'elle n'avait jamais fait de théâtre. Il n'a pas justifié sa décision. Ta certitude et les mots de ta mère se sont effacés instantanément. Il n'y avait plus que la honte que tu ressentais toujours au lycée quand tu passais une scène devant les autres, forçant ta voix qui ne portait pas. Sous leur regard, tes gestes demeuraient étriqués, tes propositions trop sages, tes émotions inaccessibles. Les remarques du metteur en scène te paraissaient obscures, et tu reprenais sans jamais parvenir à faire ce qu'il te demandait.

Le tournage approchait. L'oncle de Lola, qui travaillait pour la télévision, avait prêté à Fred tout le matériel nécessaire. Tu ne savais toujours pas ce que tu ferais sur le plateau. Tu avais espéré l'assistanat à la mise en scène mais c'était encore Lola qui l'avait emporté, son rôle étant mineur, elle assumerait sans difficulté les deux casquettes. Au dernier moment, Fred a décidé que tu serais scripte. Tu te tiendrais à côté de la caméra et noterais avec précision les numéros de prises, les costumes, les accessoires. Quelques jours avant le départ, tu as ressenti une violente douleur à la mâchoire. Tu n'avais pas de carie, d'abcès ni de gingivite, le dentiste t'a conseillé de te détendre, il pensait que la nuit tu *serrais les dents*. Tout le monde répétait que tu avais de la chance, un premier tournage, une belle maison, des amis. Ils avaient raison, tu allais retrouver la lavande, les ocres, la poussière du chemin. Ta douleur devait être liée à l'oral de français que tu venais de rater.

Vous êtes partis au début de mois de juillet. Vous avez pris le train, seul Fred est descendu en voiture avec ses amis. L'aîné, un peu plus âgé que vous, avait son permis. Tu ne les avais pas revus depuis le week-end que vous aviez passé chez eux. Tu n'avais pas envie qu'ils soient là, tu n'aimais pas ce qui se dégageait d'eux ni ce qu'ils révélaient de Fred, mais tu espérais que le tournage les empêcherait de trop boire ou de fumer des joints toute la journée. Alice était au centre du film. Elle jouait une jeune fille amoureuse de deux garçons. Dans la vie, elle papillonnait. Une nuit, elle a embrassé un des deux frères dans le lit voisin du tien. Leurs respirations se sont faites plus rapides, tu entendais leurs rires étouffés sous les draps qui frottaient, tu devinais leurs caresses. Tu as gardé les yeux fermés, tu avais peur qu'ils s'aperçoivent que tu ne dormais pas. Tu avais hâte qu'il sorte de la chambre, cela te dégoûtait, les entendre mais ne pas oser dire que tu étais réveillée, qu'ils ne pouvaient pas continuer. Tu te sentais voyeuse. Tu étais à la même place que l'année précédente, celle de la fille à qui il n'arrivait jamais rien.

Quand vous ne tourniez pas, tu t'isolais. Souvent tu descendais au village appeler ta mère depuis la cabine téléphonique. Alice te mettait en garde, *tu ne devrais pas rester toute seule comme ça, c'est bizarre.* Alors, quand un matin

Lola vous a proposé d'aller au marché, tu as accepté. Pourtant, tu étais tétanisée : il fallait faire une dizaine de kilomètres, vous étiez huit, vous n'aviez qu'une voiture, tu savais que c'était dangereux, que vous pouviez avoir un accident, croiser des gendarmes. Mais tu es montée dans le coffre sans rien dire, pour montrer à Alice que tu en étais capable.

L'été d'avant avait été rythmé par la bande originale de *Talons aiguilles*, celui-là l'était par celle de *Chacun cherche son chat*. Tu étais la seule à ne pas danser sur *Glory Box*, la chanson de Portishead sur laquelle se terminait le film. Pourtant tu en crevais d'envie, tu rêvais de ressembler à cette fille amoureuse qui souriait dans la rue.

I'm so tired
Of playing

Une chanson. C'est aussi tout ce qu'il me reste du film que nous avons tourné. *The Carnival is Over,* Dead Can Dance. Je sais qu'elle avait fait naître une scène, que la caméra suivait le mouvement de silhouettes qui dansaient, mais je ne me souviens ni de la situation ni même de ceux qui étaient filmés. En l'écoutant, aucune image ne surgit. J'ai tout oublié.

Ce même été, tu avais proposé à Mathilde, dont tu t'étais rapprochée en fin d'année, de venir quelques jours avec toi en Normandie. Elle ne comprenait pas ce qui te liait aux autres. Quand vous aviez commencé à vous voir en dehors du lycée, elle avait essayé de te convaincre de t'éloigner d'eux, mais tu t'étais justifiée : Alice te connaissait si bien, et Fred pouvait être si doux. Elle n'avait pas insisté et vous aviez cessé d'en parler. Vous avez passé une semaine dans le studio de ta mère, tandis que ta grand-mère veillait quatre étages plus haut. Vous avez goûté à la liberté de vous lever à l'heure qui vous plaisait, de traîner pour vous habiller, de faire vos courses, de cuisiner, de fumer dans le jardin.

Dans la rue, vous gardiez les yeux rivés sur les plaques d'immatriculation de toutes les voitures que vous croisiez. Trois chiffres identiques signifiaient qu'un homme voulait vous embrasser, quatre qu'il avait envie de vous faire l'amour. Vous ne cessiez d'en voir, persuadées que c'était un signe, qu'une passion se profilait. Au bar du casino, un orchestre reprenait des chansons que vous connaissiez par cœur, la salle était pleine de quinquagénaires sur leur trente et un, l'ambiance désuète vous ravissait. L'homme à l'entrée vous plaisait, vous le regardiez à la dérobée, fantasmant sur sa peau noire, son sourire. Vous êtes revenues tous les soirs, sans jamais oser lui adresser la parole.

Un matin, vous êtes allées marcher sur la plage à marée basse. Il faisait déjà chaud, mais vous aviez oublié vos maillots. Sans vous concerter, vous avez ôté vos robes en coton et couru vers la mer en culottes. Tu n'avais jamais nagé seins nus dans l'eau glacée. Vos affaires posées sur le bord étaient trempées, cela vous a fait rire aux éclats.

Le jour du départ de Mathilde, tu as pleuré sans pouvoir t'arrêter. Auprès d'elle, tes dix-sept ans avaient existé autrement.

1996-97, Terminale

Une rentrée banale, nulle. La dernière au lycée. Tu étais en terminale. Fred prenait de plus en plus de place, dans ta tête et dans ton journal. *Je l'ai retrouvé. Fred que j'aime tant. Tendre et attentif. Mais je sens que cette relation est fragile. Il faut que je continue à le faire rire.* Il était insaisissable, tu ne savais jamais comment il allait réagir. Il ne t'adressait pas la parole de toute une journée, et le lendemain il t'invitait à déjeuner. Quand il était bien luné, il te poussait à la confidence, te faisait parler de tes parents, de ton enfance, t'écoutait avec attention. Il veillait sur toi, te comprenait. Un midi, il devait aller avec Lola chez *agnès b.*, rue Saint-Sulpice, pour changer un vêtement trop petit, et il t'a proposé de les accompagner. En entrant dans la boutique, il vous a glissé *Prenez un tee-shirt. Celui que vous voulez. Je vous l'offre.* Tu n'en revenais pas. Tu as commencé par refuser, il n'avait aucune raison de te faire un cadeau pareil. Il t'a regardé dans les yeux. *Fais pas chier, putain, lâche-toi un peu.* Alors tu en as choisis plusieurs et tu as rejoint Lola dans la cabine commune pour les essayer. Tu t'es décidée pour un modèle gris pâle, assez court, décolleté V profond. Fred a payé puis vous a tendu à chacune une pochette argentée. Dans le bus qui vous ramenait au lycée, il vous a prié d'être discrètes, il ne voulait pas qu'Alice l'apprenne, cela pourrait la blesser. Tu as rangé le paquet dans ton sac. Chaque fois qu'en cours tu te baissais pour attraper un stylo ou sortir un cahier, tu apercevais le papier brillant et cela te faisait sourire. Le soir, tu as soigneusement décollé l'étoile rouge qui permettait de refermer l'emballage et tu l'as apposée dans ton journal. Dès le lendemain, tu arborais fièrement ton tee-shirt. Quand tu te penchais, il laissait percevoir la naissance de ta poitrine. Pendant le cours de philo, Fred ne cessait de te regarder.

Tu n'en as pas parlé à Alice, grisée par l'impression que pour la première fois, c'était toi qui avais les faveurs de Fred. À la Toussaint, vous êtes parties toutes les deux en Normandie. Vous avez préparé des coquillettes au jambon, écouté le *Requiem* de Mozart, échangé vos pulls à col roulé. Vous aimiez l'automne, l'odeur du feu de bois dans la campagne, les feuilles roussies au bord des chemins, les baies blanches tombées des arbustes que vous faisiez éclater sous vos pieds. Tard une nuit, Alice t'a dépeint les caresses osées d'un de ses amoureux d'été, tu l'as écoutée sans oser lui avouer que toi aussi tu rêvais de t'abandonner, mais que c'était à Fred que tu réservais ton désir. À la fin des trois jours que vous avez passés ensemble, elle t'a dit *je t'adore en ce moment.*

Fred t'avait fait un cadeau, Alice t'adorait, tout s'alignait peut-être enfin. C'est ce que tu t'es dit quand tu as rencontré Joël. Que tout était lié. Tu trouvais ta place, alors tu allais pouvoir vivre une histoire d'amour. Joël voulait être réalisateur mais pour gagner sa vie, il était enquêteur dans un institut de sondage. Il était timide, parlait bas, avec un léger accent du Sud-Ouest. Un samedi, à la fin du cours de modelage que vous suiviez ensemble, il t'a proposé un dîner la semaine suivante. Tu as dit oui tout de suite. Les autres étaient plus excités que toi ; ils calculaient votre différence d'âge – quatorze ans –, te donnaient des conseils, discutaient de ta tenue. La veille, ils t'ont fait promettre de les appeler après pour tout leur raconter. Au fond de toi, tu n'étais pas certaine qu'il allait se passer quelque chose, pas certaine non plus d'en avoir envie. Tu as retrouvé Joël près de la place de la Bastille. Sa silhouette ressemblait davantage à celle d'un adolescent qu'à celle d'un homme. Tu as remarqué sur son visage des plaques d'eczéma que tu n'avais pas vues jusque-là. Tu aurais voulu qu'il soit assuré, qu'il te drague, qu'il te prenne par la taille. Tu l'écoutais évoquer ses projets, son avenir, tu répondais à ses questions sans entrain ; il t'ennuyait. Alors que vous terminiez à peine de manger, tu ne pouvais plus t'arrêter de bâiller. Il t'a proposé de te raccompagner, vous avez traversé la Seine, tu t'es dit qu'il allait peut-être tenter un baiser, mais non. Tu ignorais si tu étais déçue ou soulagée. Arrivés devant ton immeuble, tu l'as remercié pour le dîner et lui as lancé *à samedi.* Tu t'es couchée abattue, tu savais bien qu'il ne te plaisait pas, mais tu pensais aux commentaires des autres le lendemain. Ça n'a pas loupé. *Tu parles d'un détournement de mineure, c'est bien ta chance de tomber sur le seul vieux qui n'a pas envie d'en profiter un peu.*

Les semaines suivantes, Joël t'a téléphoné, il t'a invitée au cinéma, vous êtes allés voir une exposition dans une galerie d'art inuit, mais tu n'étais toujours pas amoureuse. Tes tergiversations énervaient Fred. Il te trouvait trop difficile, trop timorée. Il se moquait de plus en plus souvent de toi. Tandis que tu montais sur un banc pour la photo de classe, il t'a scrutée et t'a asséné *t'as les genoux cagneux, tu devrais éviter les minijupes*. Un jour, la coiffeuse avait coupé tes cheveux trop courts, seules quelques petites mèches effilées avaient été sauvées, ton front était presque entièrement dégagé, ce que tu détestais. En te voyant arriver le lendemain, il s'est exclamé *Oh là, mais qu'est-ce que t'as fait à tes cheveux, on dirait Calimero!* Les jours suivants, quand il s'obstinait à t'appeler ainsi, Alice lui tapotait gentiment le bras, *arrête, t'exagères*, mais leur sourire complice te donnait l'impression qu'au contraire, elle l'encourageait à continuer. Tu étais jalouse. Tu savais qu'il lui plaisait, même si vous n'en aviez jamais parlé. Avec elle, il était tendre, souvent il parlait de sexe en plantant ses yeux dans les siens, et elle soutenait son regard lubrique. Tu ne supportais pas d'assister à ce qui se tramait entre eux.

Aux sarcasmes s'est bientôt greffée l'agressivité de Fred. Quand vous sortiez de cours et remontiez l'avenue à pied, il te poursuivait en criant. Tu avais peur qu'il t'attrape, qu'il te tire les cheveux, qu'il te fasse tomber. Un soir, il t'a arraché un gant et l'a glissé dans son caleçon, faisant mine de se frotter avec. Tu aurais voulu l'insulter, lui dire qu'il était dégueulasse, mais tu n'es parvenue qu'à le supplier timidement de te le rendre. Il a fini par le balancer sur le trottoir, en te dévisageant avec mépris. Quelques jours plus tard, en cours de philo, il a pris le gant dans ta poche et a menacé tout bas d'en couper un doigt. Tu lui as demandé de te le rendre en chuchotant, pas envie de te faire prendre, il a sorti une paire de ciseaux de sa trousse, tu l'as imploré d'arrêter, mais, en te regardant droit dans les yeux, il a coupé l'annulaire d'un geste sec. Tu t'es figée. Tu ne tenais pas particulièrement à cette paire de gants mais tu n'en revenais pas qu'il ait osé. Il cherchait toujours à te déstabiliser, à te fragiliser, soufflant le chaud et le froid, tu avais déjà perçu sa violence mais cette fois ça y était, il était allé au bout, il était capable de tout. Après le cours, tu ne lui as pas adressé la parole, espérant des excuses. Il a au contraire revendiqué son acte et s'est moqué de ta réaction. Ta mère était là quand tu es revenue du lycée. Tu lui as montré le gant et tu t'es effondrée.

Je n'ai pas raconté cet épisode dans mon journal, mais un autre événement dont je n'ai aucun souvenir. *Ses mains sur mes fesses. Entre mes jambes. Ses sourires. Il ne se rend pas compte qu'il va trop loin dans la provoc. Qu'il séduit. Allume.* Je sais que je n'ai rien inventé. Ses mains sur mes fesses. Entre mes jambes. Comment ai-je pu oublier alors que pas un garçon ne m'avait encore touchée et que lui me troublait tant depuis deux ans ? Je me souviens seulement d'un malaise. La crainte – de sa violence comme de son indifférence – mêlée au désir. Je me souviens de mes muscles raidis, contractés, sinusites à répétition, mal de dos, je me souviens de ma chambre comme d'un refuge, des livres de poche que je dévorais après les avoir achetés d'occasion boulevard Saint-Michel, des bains parfumés dans lesquels je restais des heures, je me souviens de Joël que j'appelais souvent, regrettant de l'avoir fait à peine le combiné raccroché, je me souviens de la solitude, ne rien dire à personne, finalement cette histoire qu'était-ce de plus que des ados qui se cherchaient, j'accordais trop d'importance à Fred, si je parvenais à rester impassible, alors il jetterait son dévolu sur une autre. En décembre, j'ai écrit : *Ma vie a changé. Une engueulade violente avec Fred. Il m'a dit des choses très dures. J'ai beaucoup pleuré. On ne se parle plus, on ne se regarde plus. C'est fini.* J'ai oublié ses mots, comme ses mains entre mes jambes. Je me souviens seulement de l'impression de ne plus exister pour lui.

Juste avant Noël, tu as été invitée aux dix-huit ans de Lola, dans sa maison de campagne. Une grande fête déguisée où se mêleraient famille et amis. Le père de Lola avait proposé à Fred de projeter son court-métrage, dont il venait de terminer le montage. Tu ne l'avais pas encore vu. Juste avant le dessert, tout le monde s'est installé, Fred a éteint les lumières et il a enclenché la bande. Après le film, il a été longuement applaudi, félicité. Tu t'es tenue à l'écart, jusqu'à ce que la pièce soit vide, puis tu l'as aidé à ranger le matériel. Tu ne savais pas quoi dire, bouleversée par les images que tu venais de voir. Il s'est approché et t'a serrée dans ses bras, longtemps. Vos bouches se sont effleurées. Vous n'avez pas prononcé un mot. Tu t'es endormie un sourire aux lèvres, persuadée que la douceur l'avait enfin emporté. Mais le lendemain, dans le train, il s'est assis à l'autre bout du compartiment et ne t'a pas regardée une seule fois. Rien n'avait changé.

Les semaines suivantes n'ont été qu'une succession de moments comme celui-là. Un sourire, un mot doux, puis de nouveau, brusquement, Fred se dérobait et te méprisait. *J'ai tendance à interpréter tous les regards et tous les rires contre moi.* Alice était devenue ta rivale. Dès qu'il se montrait plus tendre, c'était elle qui se détournait, affichant sa complicité avec Lola. Et dès qu'il t'ignorait, elle riait avec lui, son rire te transperçait. Dans ton journal, de plus en plus de phrases sombres. *Quelquefois j'ai envie de mourir. Vraiment. De me laisser tomber. Je me dis que tout serait plus simple.*

Un samedi de la fin du mois de janvier, Alice et Lola t'ont proposé de boire un café. Tu t'es demandé ce qu'elles avaient en tête, tu redoutais ce qui allait advenir. Quand tu es arrivée, nouée, elles étaient déjà installées. Lola a pris la parole solennellement, au nom du groupe. Ils considéraient que tu n'allais pas bien. Tu ne parlais jamais de toi, tu ne parlais jamais tout court, tu vivais par procuration. Alice a ajouté que tu devrais aller voir quelqu'un. Elles t'ont incitée à réfléchir, ça ne pouvait pas continuer comme ça. Tu t'es levée, *à lundi*, et tu es sortie du café. Tu savais qu'elles resteraient ensemble jusqu'à la fin de l'après-midi, que Fred demanderait à Lola comment ça s'était passé, *elle a rien trouvé à répondre, comme d'habitude.* Tout le week-end, leurs jugements et leurs certitudes se sont diffusés en toi, tu oscillais entre colère et désespoir. Le dimanche soir, tu as compris que cela ne pouvait plus durer. Tu n'y arriverais pas. Jusqu'aux vacances, qui commençaient à la fin de la semaine, plus de déjeuner, plus de café, tes journées se dérouleraient sans eux. Cette décision t'a soulagée.

Dès le lundi, tu as senti qu'ils t'observaient, qu'ils disséquaient chacun de tes gestes. *Fred me regarde durement. Comme s'il ne m'avait jamais aimée. Quelquefois j'ai envie de pleurer dans ses bras et quelquefois j'ai envie de le frapper, de hurler que je le déteste. Je trouve ça triste qu'on en arrive là. Avec lui comme avec les autres. Alice qui joue un double jeu, Alice que j'aime malgré tout. Je sais que je suis maladroite. Je fais une rupture si brutale, si soudaine.* Tu as essayé de te soustraire à leur regard. Tu étais la première à sortir de la salle, tu t'éloignais du lycée dès que tu avais deux heures pour manger, le soir tu téléphonais à Lucie ou tu mettais la cassette d'un de tes films préférés. Mais ils t'obsédaient.

Le mercredi, tu avais rendez-vous avec un photographe. Ta mère avait accepté que tu t'inscrives dans une agence de casting, il te fallait des portraits. Devant l'objectif, tu ne savais pas prendre la pose, tu avais l'impression que Fred t'épiait, tu étais empotée, ridicule, ce n'était pas comme ça que tu décrocherais un rôle. Avant que tu partes, l'assistant t'a donné son numéro. C'était auprès de lui que tu pourrais commander les tirages après avoir vu les planches contact. Dans un sourire, il t'a dit que tu avais *quelque chose*. Tu l'as regardé. Tu ne l'avais même pas remarqué. Il avait une vingtaine d'années, des cheveux bruns bouclés, un accent italien prononcé. Il était beau. Il s'appelait Marco. *Sa voix pleine de soleil. Envie de l'embrasser. Je suis folle. Une demi-heure avec lui et ça y est. Une vraie gamine. Mais ça me fait vivre. Marco*. Pendant le dîner, tu as parlé de lui à ta mère. Vous avez ri en roulant le *r* de son prénom. *Marrrco*. Tu imaginais des cafés dans Paris, des nuits dans ses bras, ta première fois. Ce soir-là, tu n'as pas pensé à eux.

À la fin de cette semaine particulière sont arrivées les vacances de février. Avec ta grand-mère, tu as pris le train vers la mer. Le premier soir, elle a préparé la purée que tu adorais quand tu étais petite, pomme de terre, carotte et poireau. Tu as retrouvé la lame de l'économe, la vapeur sur les vitres et l'odeur des légumes qui envahit la pièce. Tu étais bien avec elle, tu n'avais pas besoin de lui raconter ce qui t'arrivait, elle savait. Après la vaisselle, vous vous êtes installées sur le canapé pour regarder la cérémonie des César. Tu as imaginé qu'un jour, ce serait peut-être toi qui y ferais un discours. Le lendemain matin, tu es allée marcher seule à marée basse. Un homme et une femme se tenaient debout, enlacés. Tu as pensé à Marco, quelque part à Paris. Sur cette plage, tes difficultés avec les autres te semblaient loin. Il n'y avait plus que la douceur des réminiscences de l'enfance et les promesses de la vie qui t'attendait.

Tu es revenue à Paris déterminée. Tu ne pouvais pas continuer à fuir, tu allais prendre sur toi et réussir à trouver ta place au sein du groupe. Tu n'étais pas prête à renoncer à l'amitié d'Alice, ni à celle de Fred, il fallait simplement que tu te dévoiles, que tu t'affirmes, que tu t'imposes. Le jour de la rentrée, tu ferais comme si de rien n'était et tu irais déjeuner avec eux. Mais ce matin-là, Alice ne t'a pas demandé comment s'étaient passées tes vacances, elle s'est assise à côté de Fred. Au café, tu t'es installée au bout de la table. Tu as fait tomber deux fois ton manteau en voulant le mettre sur le dossier de la chaise. De nouveau, tu étais au supplice, incapable de prendre part à la conversation. Tu percevais leur connivence. Même sourire t'était impossible.

Le soir, Lola t'a appelée et t'a demandé de venir le mercredi suivant chez Fred pour discuter. Tu ne savais pas à quoi t'attendre. Tu as hésité à dire *non, je ne viens pas*, mais tu as estimé que si tu te défilais, cela jouerait contre toi. Ils étaient tous là quand tu es arrivée.

Tu t'es assise dans le salon, face à eux.
Alice n'osait pas te regarder.
Lola et Fred étaient les seuls à parler.
Ça ne peut pas continuer comme ça.
On t'avait prévenue.
T'as un problème.
On ne veut plus que tu traînes avec nous.
C'est fini.
Tes épaules se sont affaissées.
Ton ventre s'est tordu.
Tu transpirais.
Ça a duré quelques minutes seulement.
Tu n'as pas prononcé un seul mot.

Tu es sortie de l'appartement.

Tu as dévalé les escaliers.

Le froid au dehors t'a saisie.

Tu as couru.

Près du square, tu es entrée dans une cabine téléphonique.

Tu aurais voulu crier, vomir, sangloter, donner des coups de pied.

Mais tu es restée immobile, appuyée contre la paroi crasseuse.

C'était terminé.

Tu n'aurais plus besoin de faire semblant. Tu ne poireauterais plus sur le trottoir pendant qu'ils fumeraient une cigarette, tu ne déjeunerais plus en silence de nuggets sauce curry, tu ne serais plus invitée aux fêtes, ni dans le Lubéron, tu n'attendrais plus qu'ils valident ta jupe colorée, tu ne craindrais plus leurs regards te détaillant de la tête aux pieds. Tu étais libre. Très vite, tu as approché d'autres élèves de ta classe, ceux dont ils se moquaient souvent. Tu ne t'étais jamais intéressée à eux, tu ne les avais jamais défendus, pourtant ils t'ont accueillie avec bienveillance. Tu n'as pas eu besoin d'expliquer, ils avaient vu, ils avaient compris. Tu as découvert que le groupe qui, tu le croyais, faisait rêver tout le monde était en réalité méprisé par beaucoup. Au début, cet élan t'a emportée, tu te sentais bien. Tu bavardais avec ta voisine pendant le cours de maths, tu proposais à Lucie d'aller au cinéma, tu fumais au café avec Mathilde, tu laissais des messages à Marco.

Mais après quelques jours d'euphorie, tu as commencé à vaciller. *Alice me manque tant. Sa tendresse, son rire. Nos dix-huit ans dans trois mois, à six jours d'écart. Nos dix-huit ans l'une sans l'autre.* Tu étais souvent seule. Quand tu croisais les autres dans le couloir ou devant le lycée, leurs regards te poignardaient comme avant. Tu n'y arriverais pas. Tu voulais t'effacer. Changer de peau. *Je fais n'importe quoi. En cours. Avec maman : on s'engueule tout le temps et très violemment. Avec Mathilde que je suis en train de perdre.* Mathilde rappelait rarement quand tu laissais un message à sa sœur, elle n'était jamais disponible le week-end, elle ne répondait plus aux lettres que tu lui donnais à la fin des cours de russe.

J'ai retrouvé Mathilde il y a quelques mois, après dix ans de silence. Très vite, nous avons évoqué Fred, Lola, Alice, Samir et Théo. Elle a prononcé des mots que je n'avais jamais employés, *souffrance*, *emprise*, *perversion*. Et elle m'a raconté que Lola, peu de temps après la rupture, était allée la voir dans la cour pour l'encourager à me délaisser. Mathilde l'avait écoutée sans protester, soufflée par tant d'assurance. Elle ne me l'avait jamais dit. L'apprendre, même tant d'années après, a fait rejaillir la douleur.

Un soir, tu as trouvé la voix de Marco sur le répondeur. Assise sur le lit de ta mère, tu as écouté plusieurs fois son message. Tu n'y croyais pas. Quand tu l'as rappelé, il t'a proposé une exposition le mercredi suivant à la Maison européenne de la photographie. Tu ne savais pas comment t'habiller, tu t'es changée, maquillée, démaquillée, et tu es allée au rendez-vous, fébrile. Il y avait du monde, vous avez attendu ensemble de pouvoir entrer. Il était volubile, évoquait les artistes qui l'inspiraient, la lumière de ce début de printemps. Après, vous avez bu un chocolat chaud dans un bar. Il t'a parlé de son frère, qui vivait en Italie. *Avec sa copine, ils font tout le temps l'amour.* Tu ne savais pas quoi dire, tu as baissé les yeux. Quelle image avait-il de toi ? Et que penserait-il s'il apprenait que tu n'avais encore jamais embrassé de garçon ? Dans ton journal, en rentrant, *Je pense à lui tout le temps. Je suis folle. Je ne sais pas si je lui plais. Je vais lui écrire une lettre, je lui donnerai si un jour je suis avec lui. Il me manque déjà. J'ai peur d'être déçue. De rêver. De ne pas savoir.* Le lendemain, il y avait de nouveau sa voix sur le répondeur. *Il faut que je profite mais en même temps je n'arrive pas à le croire. Qu'il m'ait rappelée, moi.* Tu rêvais d'un baiser, le premier. Mais quand vous vous êtes retrouvés la semaine suivante, *Café. Il me l'offre. Cigarette à deux. Studio. D'autres photos. J'adore. On les a lundi. Il m'a caressé les cheveux, m'a dit que j'avais une belle bouche. J'étais bien. Passage chez lui. Petit deux-pièces sous les toits. Musique. Et puis il m'a proposé d'aller dîner. Poulet à la crème avec des pâtes. Un demi. Sourires, clins d'œil. Quand on marchait dans la rue, il me prenait par la taille. Et moi je ne faisais rien.* Tu résistais, raide, empêchée par les mots de Fred qui s'étaient incrustés en toi. *T'es trop maigre. T'as les genoux cagneux. Bouge ton corps, putain.* Marco avait vingt-trois ans, un métier qu'il aimait, il était libre, il rêvait. En discutant avec lui, tu entrevoyais ce que tu vivrais dans quelques années si tu parvenais à devenir comédienne. Il te plaisait, il était beau, il te regardait, il te prenait par la taille, mais ça ne suffisait pas. En marchant près de lui, tu sentais le bas de ton ventre se creuser de désir, pourtant tu n'en laissais rien paraître, tu ne pouvais pas, ce désir restait captif à l'intérieur de toi. Quelques jours plus tard, vous vous êtes revus dans un café. Il t'a apporté quelques tirages des photos qu'il avait faites de toi et t'a dit de garder les négatifs. Il était distant, tu sentais qu'il attendait un geste de toi, mais tu es restée impassible. Glacée. Après, tu lui as souvent laissé des messages mais il mettait de plus en plus de temps à te rappeler, et le silence a fini par s'installer. Tu t'en voulais de n'avoir pas su t'emparer de ce qu'il t'avait laissé entrevoir, cependant tu lui étais reconnaissante. Grâce à lui, tu avais compris qu'il y avait une autre vie, hors du lycée. Et que dans quelques mois, il n'y aurait plus que celle-là.

Tu écrivais beaucoup. Quand un professeur était absent, au lieu d'aller au café, tu t'installais en salle de permanence et tu noircissais des pages entières, souvent des lettres que tu n'enverrais jamais. Désormais tu nommais précisément ce que tu ressentais, tu ne retenais plus rien. Le soir, tu te relisais à voix haute, les mots t'apaisaient, te recentraient. Être seule ne t'effrayait pas, tu aimais quand ta mère partait en week-end. Un vendredi soir où elle était en Normandie, tu as décidé d'aller au cinéma voir *Les Randonneurs.* Dans la file d'attente, sur le trottoir du boulevard Saint-Germain, tu as aperçu Alice. Vous avez ri de cette coïncidence, puis vous avez acheté vos billets ensemble et vous êtes assises côte à côte, comme si rien ne s'était passé. Après la séance, vous êtes rentrées à pied par la rue Soufflot. Tu avais envie de lui raconter Marco, de la questionner sur Fred et Lola, mais tu as seulement parlé du film, la Corse, l'amour, Karin Viard. Vous vous êtes quittées à l'angle de sa rue. Tu étais sûre qu'un jour tu la retrouverais.

Au mois d'avril, tu es partie en Russie avec le lycée, heureuse de découvrir le pays dont venait ton arrière-grand-mère. Le voyage était ouvert à ceux qui apprenaient le russe et à ceux qui faisaient partie de l'orchestre. Lola y jouait de la flûte traversière. Lors des inscriptions, avant Noël, vous vous étiez réjouies de partir ensemble. À l'aéroport, elle était au centre d'un petit groupe, en train de discuter. Dès qu'elle t'a aperçue, elle a fait comme si elle ne te connaissait pas. Tu savais que vous alliez vous ignorer. Mathilde n'avait pas pu venir, tu étais seule. C'était la première fois que tu voyageais loin, sans famille ni amis proches. Mme O., ta professeur de russe, t'a proposé de partager la chambre de sa fille de quinze ans et vous a présenté deux étudiantes en classe préparatoire. Vous vous entendiez bien toutes les quatre. Pendant que l'orchestre répétait, vous avez visité ensemble la maison de Dostoïevski et arpenté les rues de Saint-Pétersbourg, déchiffrant péniblement le nom des rues et riant de votre incapacité à aligner plus de trois mots correctement. Au début, quand vous retrouviez le reste du groupe, tu veillais à te tenir loin de Lola et tu l'observais du coin de l'œil. Mais très vite, tu l'as oubliée. Ici, sans Fred ni Alice, elle n'existait pas. Un soir, vous avez pris le train de nuit pour Moscou. Les enseignantes vous avaient mis en garde : vous deviez rester dans vos compartiments et ne jamais vous rendre seuls aux toilettes. D'ordinaire si facilement angoissée, tu t'es endormie vite, d'un sommeil profond. Tu n'as pas eu peur. En arrivant à Moscou, tu as écrit *Ça faisait longtemps que je ne m'étais pas sentie si bien. Ici, je suis moi.* Le premier matin, tu as tiré les rideaux de la chambre : il avait neigé pendant la nuit, tout était blanc. Tu étais saisie par la beauté du Kremlin, l'or des coupoles sous les flocons. Vous avez marché longtemps, d'épais morceaux de glace flottaient sur la Moskova, vous avez acheté dans un boui-boui des pelminis brûlants pour vous réchauffer. Aux abords du marché, tu as tendu quelques pièces à une vieille femme qui vendait des sacs en plastique usagés pour se faire un peu d'argent. Dans un passage couvert, tu as acheté trois châles fleuris. Tu en as enroulé un autour de ton cou, tu aimais son odeur, sa laine un peu rêche. La beauté des icônes des cathédrales orthodoxes, leurs couleurs passées t'apaisaient. Un soir, vous êtes tous allés au restaurant, des musiciens jouaient des airs traditionnels. Quand les premières notes de *Katioucha* ont retenti, tu as frissonné. Tu ne savais pas où était assise Lola, tu ne la cherchais pas, tu riais, tu chantais à tue-tête, son regard t'indifférait. À la fin du repas, Mme O. s'est levée. Son chignon un peu défait, ses joues rosies par la chaleur du poêle. D'un ton grave, elle vous a demandé si vous réalisiez combien ce pays avait changé, jamais elle n'aurait pensé pouvoir vivre cela un jour, un voyage avec une quarantaine de jeunes Français, cette liberté. Sa voix tremblait, se brisait, tu avais les larmes aux yeux. Tu aurais voulu que cela dure toujours, rester là, manger des pommes de terre, du chou, de la viande bouillie, boire des vodka-orange, regagner ta chambre à minuit sur la pointe des pieds, te brosser les dents après avoir désin fecté l'eau du robinet, puis t'endormir, fourbue. Tu aimais cette ville, tu avais l'impression de la connaître si bien, de lui appartenir. Ici, tu oubliais tout, les mois précédents et ceux qui viendraient, il n'y avait plus que la tranquillité qui t'enveloppait au présent.

Dès le retour, l'angoisse t'a saisie. *La rentrée me rend malade. Revoir Alice et les autres. Le théâtre. Pas envie. Me forcer.* Le lendemain matin, fiévreuse, tu as vomi. Tu ne savais pas comment tu allais pouvoir retourner au lycée. Comment tu allais trouver la force.

Ce même printemps, ma grand-mère a écrit dans les carnets qu'elle m'a laissés : *Tu as passé de durs moments depuis janvier, rupture avec tes copains, et surtout avec Alice ; tu as souffert, ma grande, et je souffrais avec toi. Tu sembles bien t'en sortir, mais je te trouve un peu durcie peut-être et au fond de toi, que se passe-t-il vraiment ?* Dans la pratique du yoga, la posture de la montagne demande de rester immobile en contractant chacun de ses muscles. Serrer les cuisses, les fesses, ancrer ses orteils dans le sol, tendre le bout de ses doigts, grimacer. Tenir. Puis, enfin, tout lâcher.

Tu comptais les jours. Il te restait deux mois. Sur des bristols, tu inscrivais des notions de philosophie, les dates importantes de la construction européenne, du vocabulaire russe. Tu dissertais sur les différentes mises en scène de *La Cerisaie*, des tapis de Brook au rideau de Strehler. Tu travaillais des scènes de Koltès et Beckett. Tu oublierais tout une fois le bac obtenu, mais tu noyais ton cerveau pour tenir. La douleur t'envahissait par vagues, certains jours tu avais envie de te jeter au cou d'Alice en pleurant. La veille de son anniversaire, au début du mois de mai, tu as décidé de lui écrire. Tu t'y es reprise plusieurs fois, tu raturais, déchirais, jetais, recommençais. Le matin, c'était un samedi, quand tu as l'as aperçue devant la salle de philo, tu as hésité. Tripotant le morceau de papier dans ta poche, tu t'es approchée, tu lui as dit *bon anniversaire* puis tu t'es aussitôt éloignée.

Quelques jours plus tard, toi aussi tu es devenue majeure. Au courrier, tu as trouvé la carte d'un musicien à qui tu avais voulu confier l'importance qu'avait pour toi l'une de ses chansons, écoutée en boucle sur la platine de ta mère. Dans ta lettre, adressée à sa maison de disques, tu avais évoqué ton anniversaire, alors il te le souhaitait et te confiait la date du sien, le même jour qu'Alice. *Votre lettre est belle, spontanée et lucide.* Tu as lu et relu les lignes à l'encre bleue. Cet homme que tu admirais tant avait aimé ce que tu lui avais écrit. Tu avais envie de le dire à tout le monde, tu étais surexcitée. Sans attendre, tu lui as répondu, espérant ainsi entamer une correspondance. Un soir, le téléphone a sonné. Tu n'as pas reconnu sa voix, il s'en est amusé. Vous avez parlé longtemps et il t'a proposé un verre le samedi suivant. En raccrochant, tu étais certaine que c'était l'homme que tu attendais. Dans ton journal, tu as écrit plusieurs fois son prénom, Adrien. Vous aviez rendez-vous à vingt et une heures dans un café du boulevard Saint-Germain. Juste avant de prendre le métro, tu étais un peu anxieuse. Et s'il était trop entreprenant ? S'il te demandait de faire des choses dont tu n'avais pas envie ? Tu l'as repéré en sortant de la station Mabillon. Il était installé en terrasse, veste anthracite, lunettes de soleil, *Le Monde* ouvert devant lui. Tu t'es approchée timidement. Il a ri. *J'avais imaginé des cheveux longs*. Il t'a demandé ce que tu voulais boire, *un jus d'abricot*. Vous avez parlé du bac qui se profilait, de l'école de théâtre dans laquelle tu voulais t'inscrire. Il avait vécu sept ans avec une comédienne. Il t'a raconté les projets qui tombaient à l'eau, les promesses non tenues, la violence de dépendre du désir des autres. Il t'a dit *tu devrais écrire.* Il t'impressionnait, tu te contentais de répondre succinctement aux questions qu'il te posait. Vous avez quitté le café et déambulé ensemble dans les rues autour de l'Odéon. Il a passé sa main autour de ton épaule, tu aimais la fermeté de son étreinte, mais tu ne parvenais à manifester ni désir ni tendresse. C'était comme avec Marco, tu n'en étais pas capable. Quand vous vous êtes séparés, à l'angle du boulevard Saint-Michel, il t'a demandé si tu voulais le revoir. *Oui.* Il t'a embrassée furtivement sur les lèvres et a caressé ta joue. *Je t'appellerai.* Sur le chemin du retour, tu étais traversée par des émotions contradictoires. Adrien te manquait déjà et pourtant tu avais peur, peur de ne pas savoir, tu étais en colère contre les mots de Fred qui revenaient te percuter dans la chair, le naturel qu'ils t'avaient ôté, et puis tu pensais à Alice, tu aurais voulu te précipiter dans une cabine téléphonique, lui raconter, tout déverser.

Il m'a dit que je sentais bon.

Il est un peu vieux quand même, non ?

Il m'a fredonné cette chanson-là.

J'adore sa voix.
Tu crois qu'il m'appellera ?

Juin a commencé dans l'attente d'Adrien. Il t'arrivait enfin quelque chose. Tu ne pensais qu'à lui. En rentrant du lycée, tu fonçais dans la chambre de ta mère pour voir si le voyant du répondeur clignotait. Chez un disquaire, tu avais trouvé un vieux 33 tours, avec son visage dessiné sur la pochette. Tu l'écoutais tout le temps. Le soir, tu téléphonais à Lucie, ensemble vous réfléchissiez à des stratégies pour que tu puisses le revoir. Mais le regard d'Alice te manquait. Pendant près de cinq ans vous aviez partagé vos vies, depuis quatre mois vous n'étiez plus amies. Tu mourais d'envie de lui parler d'Adrien. Alors, un après-midi en cours d'anglais, où vous étiez toujours assises l'une à côté de l'autre, tu lui as écrit un petit mot. Elle a répondu tout de suite, et très vite l'intimité a surgi de vos échanges timides. Tu as été la première à t'épancher. Le café Mabillon, les mots d'Adrien à ton oreille *Tu sens bon, c'est quoi ?*, et l'attente qui te déchirait. À son tour, elle a décrit l'homme qu'elle avait rencontré, il était sur le point de se marier, ils se voyaient beaucoup, ils n'avaient pas fait l'amour, elle l'avait juste embrassé, ils parlaient pendant des heures, il était si doux, elle était folle de lui. Ces amours parallèles, compliquées, avec des hommes plus âgés, vous ont rapprochées instantanément. Tu étais heureuse. Le soir, quand tu as annoncé à ta mère que vous vous parliez de nouveau, elle t'a conseillé de te méfier. *Alice t'a trahie.* Elle avait sans doute raison, mais cela t'était égal. Tu allais retrouver le parfum Coco Chanel qui flottait dans son appartement, les vêtements que vous convoitiez toujours en même temps, la tendresse qu'elle dissimulait et qui jaillissait soudain, vos rires, les histoires d'amour de vos mères, les films de Truffaut, les chansons de Mano Solo. Le vide creusé par la douleur allait pouvoir se remplir de nouveau.

Une quinzaine de jours avant le bac, Alice t'a proposé que vous révisiez ensemble. Elle ne l'a pas dit aux autres. Vous n'êtes pas revenues sur les mois qui venaient de s'écouler. Vous parliez seulement des hommes qui vous habitaient, imaginant le prochain rendez-vous ou la première fois que vous feriez l'amour – ça serait forcément avec eux. Il n'y avait plus de retenue, plus de gêne, plus de calcul, plus de rivalité. Vous viviez toutes les deux une passion, vous étiez à égalité. Tu connaissais tout d'elle désormais, tu avais eu accès à sa part la plus sombre, et tu savais que si votre amitié avait résisté, alors elle pourrait résister à tout.

À la mi-juin, les épreuves ont commencé. Ta classe était convoquée dans un lycée du 16e arrondissement. À la fin de la première matinée, tu as proposé à Alice de venir avec toi retrouver Mathilde et ses amies à la Pâtisserie Viennoise de la rue de l'École-de-Médecine. Tu as eu peur qu'elle hésite, qu'elle refuse. Mais elle est allée le dire à Fred et vous avez pris le métro toutes les deux. C'était toi qu'elle avait choisie.

Ce soir-là, après le dîner, le téléphone a sonné. Tu t'es ruée sur l'appareil. Adrien. Il avait pensé à toi en entendant les sujets de philo à la radio, il voulait savoir sur lequel tu avais planché. Tu avais pris une dissertation : *Si le droit est relatif aux temps et aux lieux, faut-il renoncer à l'idée d'une justice universelle ?* Il t'a interrogée sur ton plan, sur les philosophes que tu avais cités. Tes réponses étaient laconiques, tu l'écoutais à peine, tu laissais sa voix s'abîmer en toi. Sa voix pour toi. Vous avez raccroché après avoir évoqué la possibilité de vous voir le vendredi suivant, pour fêter la musique et la fin de l'examen. Mais Adrien n'a pas rappelé.

Le 21 juin, tu as écrit dans ton journal *cette soirée est triste comme la pluie sur mon visage.* Pourtant, tu étais confiante, tu savais que tu le reverrais.

L'été était là, tu avais obtenu ton bac avec mention. Avant de rejoindre ton père sur la Côte d'Azur, tu as envoyé à Adrien une lettre dans laquelle tu lui donnais rendez-vous sur le quai de la gare de Lyon, une dizaine de jours plus tard. Tu rentrerais seule, ta mère ne serait pas à Paris. En vacances, Adrien était là quand tu nageais, quand tu écrivais pendant la sieste de ta sœur, quand tu enduisais tes cheveux de henné, quand tu prenais le soleil, quand tu faisais des essayages devant la glace afin de déterminer comment tu t'habillerais pour prendre le TGV. Il était là tout le temps. Le jour du départ, tu as enfilé une jupe longue en jersey marine, un débardeur bleu ciel et les baskets que tu portais quand vous vous étiez rencontrés en mai. Il serait là, tu y croyais.

Adrien n'était pas sur le quai. Tu as attendu quelques minutes, puis tu es sortie de la gare. Ton père t'avait donné de l'argent pour un taxi mais tu as préféré marcher. Quelle idiote, comment avais-tu pu croire qu'il viendrait ? Tu es arrivée devant ton immeuble. La gorge serrée, tu as fait le code, poussé la lourde porte, monté les escaliers. Tu es entrée dans l'appartement et tu t'es dirigée vers le téléphone, pour appeler ta mère, lui dire que tu étais bien rentrée. Le petit voyant rouge clignotait. *Sophie, c'est Adrien. Tu n'es pas là ? Bon, ben je ne suis pas à Paris. C'est pour ça que je n'ai pas pu aller te chercher. Je serai la semaine prochaine à Paris. Je t'embrasse.* Tu as éclaté de rire, sauté sur le lit, hurlé de joie. Tu as écouté le message une deuxième fois, puis tu es allée chercher ton magnétophone, tu as inséré une cassette vierge et tu as enfoncé la touche REC. Tu as rembobiné, appuyé sur lecture, *Sophie, c'est Adrien.* Ça avait marché. Sa voix ne s'effacerait pas.

Il t'a rappelée le lendemain, puis encore quelques jours plus tard. *Tu m'embrasses tendrement ?* Vous vous êtes donné rendez-vous à son retour dans un café de la rue de Buci. Il faisait chaud. Tu t'étais habillée de la même façon que pour prendre le train, mais tu avais troqué tes baskets contre des sandales. Juste avant l'heure, tu l'as vu arriver, ses cheveux fins, sa démarche nonchalante. Il s'est assis près de toi puis très vite il a voulu bouger, il avait faim, il connaissait un restaurant italien. Tu t'es levée, il t'a enlacée. Son âge lui donnait l'assurance que n'avait pas

Marco, celle dont tu avais besoin pour t'abandonner, pour céder au désir qui rejoignait le sien. Tu as posé ta main dans le bas de son dos. Au bout de la rue Dauphine, juste avant de traverser la Seine, il s'est penché vers toi et il t'a embrassée. Tu as entrouvert les lèvres, il y avait sa langue dans ta bouche, sa salive, il y avait sa paume contre ta nuque, tu as fermé les yeux. Tu lui rendais ses caresses, tu tendais ton visage vers le sien. Enfin.

Au restaurant, Adrien t'a parlé de sa mère, de l'enfant qu'il n'avait pas eu, des femmes qu'il avait aimées. Il t'a demandé *Et toi, les garçons ?* Tu as hésité, puis tu lui as avoué que tu n'avais jamais fait l'amour. Il n'a pas eu l'air surpris. *Et tu aimerais que ce soit avec moi ?* Tu as souri. Cette nuit-là, dans son petit appartement, tu t'es collée contre lui, il a embrassé l'intérieur de ton oreille, tu as frissonné. Tu découvrais son corps, le corps d'un homme, sa peau. Cela t'effrayait, tu venais tout juste de donner ton premier baiser, tu ne voulais pas brûler les étapes. Il t'a rassurée. *C'est toi qui choisiras le moment. J'attendrai le temps qu'il faudra.* Il a fini par s'assoupir, malgré les moustiques et la chaleur. Toi tu n'as pas fermé l'œil jusqu'à l'aube. Tu regardais autour de toi, les photos encadrées, les guitares, les articles de journaux, les partitions sur le piano. Tu étais là, chez lui, à vivre enfin ce dont tu avais tellement rêvé, tu voulais tout garder. Vers huit heures, tu as pris une douche, enfilé les vêtements de la veille et tu l'as embrassé. Il était encore somnolent, tu as murmuré *Tu m'appelles, hein ?* Tu as traversé la Seine d'un pas léger, sa voix dans la tête. Son parfum imprégnait ta chevelure, des auréoles de sel tachaient ton débardeur, le contour des lèvres te brûlait. Tatouages de cette première nuit d'amour.

En fin de matinée, tu es partie dans le Morbihan avec Lucie. Pendant le voyage, vous avez écouté des chansons d'Adrien dans ton walkman, une oreille chacune. Vous aviez réservé une tente à l'auberge de jeunesse de Belle-Île. Vous avez pris vos douches ensemble dans les sanitaires communs, vous avez dormi l'une contre l'autre, emmitouflées dans vos sacs de couchage. Vous avez emprunté les sentiers côtiers, vous êtes descendues vous baigner dans l'eau glacée des criques, vous avez dégusté des galettes soubise à Sauzon, fait du stop sous la pluie, acheté des marinières au marché. Lucie t'écoutait patiemment lui raconter encore et encore ta soirée avec Adrien. Un soir, tu as cueilli un brin de bruyère et tu l'as joint à la lettre que tu venais de lui écrire.

Dans un album qu'elle a confectionné pour mes vingt ans, Lucie a collé une photo prise sous la tente. Assise en tailleur, je porte une nuisette en satin rouge, ma tête repose dans le creux de ma main. Je ne suis pas maquillée, je ne regarde pas l'objectif, je souris. Dessous, au feutre argenté, Lucie a écrit *La discrète ou Celebrity*. Les traces s'étaient effacées peu à peu. La nuque, les épaules, les poignets, les cuisses de la jeune fille en noir et blanc photographiée par Fred un peu plus d'un an auparavant s'étaient enfin déployés, comme les ailes d'un corps qui n'avait plus peur de se montrer.

Après

Tu n'avais pas pensé aux autres de tout l'été. Alice était partie dans le Lubéron pendant que tu étais en Bretagne, elle t'avait envoyé une carte postale grâce à laquelle, sans qu'elle l'écrive, tu avais compris qu'elle était en train de s'éloigner d'eux. Cela ne t'avait pas surprise, c'était comme si ce qui avait été saccagé pendant trois ans reprenait peu à peu sa place. Au début du mois de septembre, il a fallu que tu retournes au lycée pour récupérer un document administratif. Tu étais sûre que tu allais croiser Lola. Quand tu l'as aperçue, tu as accéléré le pas, espérant qu'elle ne te verrait pas. Trop tard. *On va prendre un café ? Je t'invite !* Elle était encore en terminale, sa relation avec Fred s'étiolait, toi tu allais faire du théâtre et un Deug d'anglais, tu étais amoureuse, ta vie était devenue plus excitante que la sienne. Tu as accepté. Elle n'a pas prononcé un mot sur ce qui s'était passé. Alice lui avait dit que tu avais rencontré quelqu'un, elle voulait savoir. Quel âge avait-il vraiment ? Il était connu ? Vous étiez toujours ensemble ? Tu étais évasive, cela l'agaçait, elle se mettait en quatre pour te faire parler. Tu l'as regardée, tu t'es demandé ce qui en elle avait pu si longtemps t'impressionner. Pour la première fois, elle t'a inspiré de la pitié.

Il y a quelques années, je suis allée à l'enterrement d'un cousin de ma mère, le petit-fils de celle qui avait été au service de la famille de Lola. Je ne savais pas si elle serait là. En arrivant, je l'ai cherchée dans l'assemblée, soulagée de constater qu'elle n'était pas venue. À la fin de la cérémonie, j'ai croisé ses parents. C'est surtout sa mère qui a parlé. Elle m'a posé quelques questions, puis elle m'a donné des détails sur l'endroit où Lola travaillait, sur ses enfants, son compagnon. Je l'écoutais avec une apparente décontraction, mais je sentais mon souffle devenir court. J'avais envie qu'elle se taise. J'ai quitté l'église avant tout le monde pour aller chercher ma fille à l'école. Dans le métro, je me suis assise et j'ai ouvert mon manteau. J'avais l'impression de manquer d'air. Il a fallu tout le trajet pour que ma respiration s'apaise.

Ton histoire avec Adrien s'est terminée à la fin du mois de septembre sur un malentendu. Vous aviez eu le temps de déguster une glace Häagen-Dazs, de fredonner une chanson de Cat Stevens, de monter ses étages quatre à quatre, de vous embrasser à la fenêtre, mais pas de faire l'amour. La rupture était brutale, il te manquait, tu avais mal, mais cette douleur ne te pétrifiait pas, ce n'était pas celle des mois qui venaient de s'écouler. Cette douleur-là te permettait d'écrire, de jouer, de créer. Tu étais vivante.

En octobre a commencé ta vie d'étudiante. La fac ne ressemblait pas du tout à ce que tu avais imaginé. Tu avais bien plus de TD que de cours en amphi, tu retrouvais les mêmes visages chaque matin, des visages si proches de ceux que tu croisais au lycée. Tu as ressenti un malaise dès les premiers jours, mais tu t'es accrochée. Tu as fait les papiers pour la mutuelle, acheté un dictionnaire et des recueils de poèmes. En cours, tu étais perdue. Tu n'avais pas un bon accent, tu manquais de vocabulaire, à l'oral tu ne comprenais rien. Tu étais toujours la première à quitter les lieux, tu déjeunais seule, tu ne parlais à personne.

Trois fois par semaine, tu suivais des cours de théâtre. Le contraste entre les deux univers était saisissant. Tu te sentais bien dans la classe, tu aimais tout : les exercices de diction, les improvisations, les scènes. Très vite, te rendre à la fac est devenu insupportable. Tu pleurais tous les soirs, tu ne dormais plus, tu maigrissais. Tu as dit à ta mère que tu voulais arrêter, que tu n'étais pas capable de revivre ce dont tu n'avais pas su t'extraire au lycée. Tu l'as suppliée. Elle a fini par téléphoner à ton père et ils ont accepté.

Tu l'as annoncé à Alice un soir où vous alliez voir *The Full Monty* au cinéma. Elle venait de commencer la fac elle aussi, en audiovisuel, et cela la passionnait, elle aimait analyser les films, les décortiquer, théoriser, réfléchir, comprendre. Elle n'avait pas l'air convaincue et elle a insisté, *tu es sûre, vraiment ?* Oui. Tu étais déterminée. Tu ne voulais pas faire d'études, tu allais trouver un petit boulot, et tu serais comédienne. Pour la première fois, son avis ne t'a pas fait flancher.

Un élève de ta classe voulait créer une compagnie et monter un spectacle. Un soir, il a réuni ceux qu'il avait choisis dans une pizzeria près de l'Opéra. Tu étais sidérée d'en faire partie. Tu les connaissais peu, mais ils te plaisaient, tu riais avec eux, volubile. Tu as pensé à Fred, tu aurais voulu qu'il voie comme tu étais légère. Vous étiez six, quatre filles et deux garçons. Chaque mardi soir, vous vous retrouviez pour écrire. Tu aimais qu'ils viennent chez toi. Quand ils s'en allaient, ta mère s'exclamait *Ils sont vraiment sympas*. Tu étais bien, mais tu restais sur tes gardes, tu savais que former un groupe, c'était se fondre, vouloir ressembler. Tu savais qu'appartenir à une bande, c'était aussi risquer d'en être un jour exclue. Tu étais sûre que vouloir exercer le même métier allait finir par vous séparer, qu'il y aurait forcément un ou deux dominants, que des liens plus forts existeraient entre certains, que tu n'échapperais pas aux jugements. Que tu serais toujours seule.

Mais au fil des cours, des cafés et des mardis soirs, l'amitié a peu à peu eu raison de tes certitudes. Tu découvrais leurs histoires singulières – ils étaient réunionnais, suisse ou marseillais, avaient vécu en Russie ou en Australie –, vos différences – Sophie Marceau, William Sheller, Tchekhov, Truman Capote ou Robert Guédiguian –, tu aimais vos rêves, vos confidences, tu avais appris à leur faire confiance. Dans ton journal, le *nous* avait remplacé le *ils*.

Tu ne les as pas tout de suite présentés à Alice, comme si tu avais besoin de consolider ce que tu commençais à construire sans elle. Tu ne lui as pas non plus lu le début de la pièce que vous étiez en train d'écrire et qui te faisait tellement rire. Tu n'avais pas envie de confronter votre travail à son regard, tu savais qu'elle ne pourrait pas s'empêcher de faire une réflexion, de trouver que c'était trop caricatural ou pas assez profond. Tu étais son amie, mais ce n'était pas exactement comme avant.

Depuis près de trente ans, Alice et moi n'avons jamais cessé de nous voir, plus ou moins régulièrement selon les périodes. Nous aimons nous retrouver après le dîner, à la terrasse d'un café. Nous commandons deux verres de vin, blanc pour elle, rouge pour moi, et elle me tend une cigarette. Liées par notre passé et par notre connaissance intime de l'autre, nous parlons de nos angoisses, de nos difficultés, de nos espérances. Mais Alice n'est pas de celles que je vois en famille, avec compagnon et enfants. Au milieu des autres, notre amitié a du mal à s'imposer. Un soir, nous sommes allées ensemble à un vernissage. Elle connaissait plus de monde que moi, et passait avec aisance d'un petit groupe à l'autre. Elle était dans la lumière. Je la suivais, tentais de prendre part aux conversations, esquissais un sourire, mais cela me demandait un effort colossal. J'ai fini par lui glisser à l'oreille que j'étais fatiguée, que j'allais rentrer. La connaître, l'aimer, mais ne plus m'infliger ce qui pourrait me blesser.

Les liens qu'Alice entretenait avec les autres, les anecdotes qu'elle te racontait te laissaient indifférente. Quand, pour le Nouvel An, Lola l'a invitée au ski dans un hôtel de luxe, tu n'as pas ressenti le moindre pincement. Tu étais au début d'une autre vie, tandis qu'elle n'en avait pas encore tout à fait terminé avec l'ancienne. Au fil des semaines, elle les a vus de moins en moins. Seul Samir, en retrait depuis la terminale, restait son ami. Vous pouviez désormais parler d'eux sans entrave, vous étiez du même côté, comme si elle avait été désenvoûtée.

Un matin, au Père-Lachaise, Alice et moi avons arpenté les allées pavées, nous attardant devant Bashung, Colette, Chopin. Elle m'avait apporté deux cahiers sur lesquels elle était tombée en rangeant. Comme un journal que j'avais tenu pour elle l'été entre la seconde et la première.

Je vis grâce et à travers les autres.

Je voudrais que tu m'aimes et que tu me le dises.

J'aime plus les gens qu'ils ne m'aiment.

On suivra le même chemin.

J'avais l'impression qu'ils contenaient un trésor, pourtant je n'ai rien découvert, seulement quelques détails oubliés. Mais grâce à ces mots adolescents – pas tout à fait les mêmes que ceux que j'employais dans mon propre journal – et aux souvenirs que nous avons convoqués, celle que j'étais s'est laissée approcher davantage. Elle était là, juste derrière, près de la tombe de Mano Solo.

Le jour où Alice t'a appris que Lola et Fred s'étaient séparés, c'était comme si elle te racontait l'histoire de deux étrangers. Cela ne t'a pas surprise, ni émue. Tu ne ressentais plus rien. Mais un après-midi où tu revenais de cours, la gardienne est sortie de sa loge et t'a tendu une lettre. *Quelqu'un est passé pour vous.* Tu as tout de suite reconnu l'écriture. Fred. Tu t'es mise à trembler. Tu as ouvert l'enveloppe dans l'escalier. Il avait réfléchi. Il te demandait pardon. Il voulait te parler. L'idée de le revoir t'a donné envie de vomir. Toute la journée, tu as pensé à lui, tu avais envie de déchirer sa lettre, de la brûler dans la cheminée, pourtant tu n'as pas pu t'y résoudre, tu avais besoin de savoir ce qu'il avait à te dire. Tu as décroché le téléphone et tu as composé son numéro. Il t'a invitée à déjeuner la semaine suivante, dans un café en face du Luxembourg. Tu as commencé à avoir peur, peur de lui, peur de replonger, peur de sentir son parfum, peur de vouloir ses mains. Ça te réveillait la nuit, mais tu sentais que c'était important, que si tu annulais quelque chose resterait en suspens. Il était déjà assis quand tu es arrivée. Il t'a dit que tu avais changé. Que tu étais belle. Tu as raconté l'école de théâtre, la compagnie, les statuts déposés au journal officiel, la pièce que vous aviez commencé à écrire.

Il t'a parlé de son projet, un film sur la mafia, tu l'écoutais mais ça ne t'intéressait pas, tu n'y croyais pas, il n'y arriverait pas. Quand vous vous êtes séparés sur le trottoir, il t'a déclaré qu'il était content de t'avoir retrouvée, *À bientôt, alors ?* Tu as acquiescé, mais tu savais que tu ne le reverrais pas.

Juste après l'avoir quitté, le monologue de *Quai Ouest* que tu avais travaillé pour le bac t'est revenu. *T'aurais besoin de rien, ni de me regarder, ni de me parler, ni de penser à moi, ni de m'aimer du tout, juste m'avoir sous la main.* Tu l'avais joué des dizaines de fois en t'adressant à Fred. Pendant trois ans, il t'avait eue sous la main, faisant de toi ce qu'il voulait, élue ou paria. Tu avais été à sa merci. Mais aujourd'hui, c'est lui qui t'avait suppliée. Et c'est toi qui, enfin, t'étais détournée.

C'est le mois de mai 1999, tu as vingt ans. Vous jouez pour cinq dates la pièce que vous avez écrite. Dès la première réplique, les rires fusent. Travailler ensemble vous galvanise. Vous avez fait venir vos familles, vos amis, la salle est pleine, tu es heureuse. L'amitié qui vous lie est franche, juste, tendre. Tu les connais si bien désormais. Chaque soir, vous arrivez tôt. En coulisses, vous mangez des galettes de riz, des bananes, du chocolat noir, vous enfilez vos costumes, poudrez vos visages. Juste après avoir installé le décor, vous vous attardez sur le plateau, dans la pénombre, pour faire des exercices de diction et de respiration. Vous étirez vos corps, vous massez vos nuques, vos trapèzes, vos têtes. Et puis vous formez un cercle, épaule contre épaule, tous les six enlacés. Vous restez là quelques instants, solennels. Vous appelez ça *l'amour universel*. De ce cercle, personne n'est le centre. Et toi, tu as trouvé ta place.

Remerciements

Merci à Annie Ernaux et Philippe Delerm, qui m'ont encouragée à raconter cette histoire alors que j'étais prête à l'abandonner.

Merci à Céline Geoffroy, dont le regard toujours juste m'a accompagnée tout au long de l'écriture.

Merci à Cécile, Charlotte, Nicolas, qui ont lu, relu et m'ont aidée à affiner.

Merci à Tadeush, l'élève de quatrième qui a trouvé le titre un matin d'atelier.

Merci à mon *Alice* qui m'a laissé écrire sans jamais entraver ma liberté.

Merci à Christine, qui n'est pas dans le livre, mais était là dans la vraie vie.

Merci à Chjara, dont l'enthousiasme m'a portée chaque jour.

Et merci à Philippine, sans qui ce livre n'en serait peut-être pas devenu un, Philippine pour cette aventure qui commence.

Œuvres citées

Chansons

Nuit de Folie, Début de soirée
© Sony publishing

Hungry Heart, Bruce Springsteen
© Sony publishing

Glory Box, Portishead
© Go ! Discs Limited

Film

Mina Tannenbaum, de Martine Dugowson

Livres

L'Accompagnatrice, de Nina Berberova,
Éditions Actes Sud

Quai Ouest, de Bernard-Marie Koltès,
Éditions de Minuit

Table

CET OUVRAGE A ÉTÉ ACHEVÉ D'IMPRIMER
PAR L'IMPRIMERIE FLOCH À MAYENNE
EN FÉVRIER 2023

N° d'impression : 101917
Dépôt légal : février 2023
Imprimé en France